LE TRIBUNAL DES FLAGRANTS DÉLIRES

DU MÊME AUTEUR

La Route de l'or (récits), Jean-Claude Simoën, 1978.

Normandie (La vie à bord du paquebot), Hersher-Flammarion, 1985.

Le Cœur gros (avec Jean-Jacques Bernard), Presses de la Cité, Hors collection, 1991.

Le Vrai-Faux Journal, Presses de la Cité, Hors collection, 1991.

Marchands d'Histoires I : Les Grands Voyageurs, Presses de la Cité, Hors collection, 1994.

Marchands d'Histoires II : Les Grands Aventuriers, Presses de la Cité, Hors collection, 1994.

Marchands d'Histoires III : Les Grandes Stars du cinéma, Presses de la Cité, Hors collection, 1995.

Marchands d'Histoires IV : Les Voyageurs du rêve, Presse de la Cité, Le Pré aux Clercs, 1996.

La France paysanne, Scala, 1996.

France : un rêve de géant (avec Christian Clères), Glénat, 1996.

Marchands d'Histoires V : Dans le secret des grands écrivains, Presses de la Cité, Le Pré aux Clercs, 1998.

Des châteaux en Amérique, Glénat, 1998.

La France à toute vapeur (photos de Patrick Delance), Le Chêne, 1999.

Francis Blanche, le tonton flingué, Denoël, 2000.

Amours... (histoires simples) (avec Christian Clères), Le Pré aux Clercs, 2001.

Tous les jours dimanche, photos de Robert Doisneau, Éd. Hors collection et France Inter, 2001.

Sagas maritimes, Marines, Éd.Ouest-France, 2003.

Parole de rêveur, Le Pré aux Clercs.

Au nord du monde, Denoël, 2005.

Impertinences, insolences, vacheries... et autres traits d'esprit (avec José Artur), Le Pré aux Clercs, 2006.

... Parigot, tête de veau, Denoël, 2007.

Le Nord du nord, Denoël, 2009.

Claude Villers

LE TRIBUNAL DES FLAGRANTS DÉLIRES

DENOËL france inter ina

Le Tribunal des flagrants délires est une émission de radio satirique quotidienne diffusée sur France Inter de septembre 1980 à juin 1981, puis de septembre 1982 à juin 1983.

9, rue du Cherche-Midi 75006 Paris
www.denoel.fr

À la mémoire de Pierre Desproges

Générique

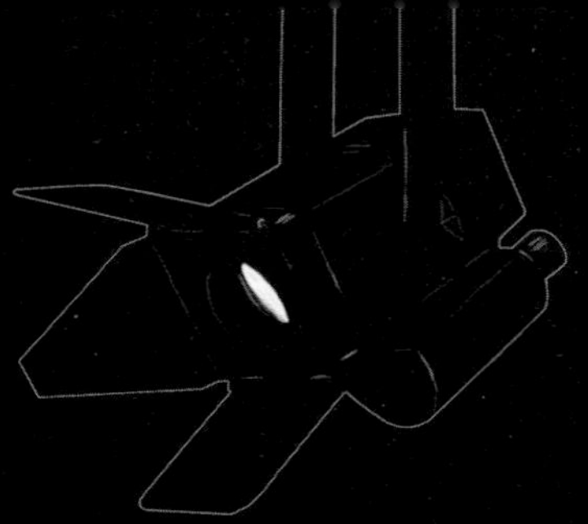

Producteurs : Claude Villers et Monique Desbarbat.
Au piano : Georges Rabol
Président : Claude Villers (parfois José Artur).
Procureur général : Pierre Desproges…
et aussi Eva Darlan, Gwénolé Azertyuiop,
Serge Papagalli,
Yvan Dautin…
Avocat : Luis Rego.
Docteur Folie, expert psychiatre : Jeanne Folly.
Huissiers : Bernard Pilot, Henri-Marc Mutel dit Marco,
Étienne Fernagut…
Juges d'instruction et assesseurs : Patricia Martin,
Serge Christophel, Gilles Le Mouël,
Michel-Alain Barjou,
Marina Kouyoujinski, Maïté Vasseur…

Aux éclairages : André Grozar et Propsper.
Prise de son : Jean-Pierre Yunker,
Robert Gachassin,
Claude Masset,
Jean Chapeau, Philippe Bouyette,
Miar Meyarson,
Philippe Palarès, Joseph Etier.
Hôtesses : Brigitte et Anna
Réalisateur : Serge Christophel
assisté de Maïté Vasseur

30 ans !

Voilà déjà trente ans qu'est né

LE TRIBUNAL DES FLAGRANTS DÉLIRES

le 15 septembre 1980, sur l'antenne de France Inter.

En guise de **préface**

En vérité, fidèle à mes habitudes d'alterner les styles d'émission au bout de deux saisons maximum[1] : reportages, récits, caricatures, évocations historiques ou scientifiques, j'avais proposé quelques mois auparavant à mon directeur, Pierre Wiehn, une série de rencontres, sous forme d'interviews. « Ah ! – m'avait-il rétorqué – tu veux faire du Chancel[2]… Non, trouve-moi autre chose… » Il n'était certes pas dans mes intentions de détrôner mon grand aîné dans cet exercice. D'ailleurs, ma route dans ce métier avait souvent croisé la sienne et je lui devais beaucoup puisque, à mes débuts dans la presse écrite, à *Paris Jour*, je « pigeais » pour sa rubrique.

Vexé que l'on puisse m'accuser de vouloir le plagier, j'étais retourné dans mon bureau pour avouer ma défaite à ma coproductrice et réalisatrice Monique Desbarbat : « Pierre a raison mais je ne crois pas qu'il ait voulu te décourager, revoyons le principe. » Alors, nous en avons discuté pendant des jours, des semaines. Tout d'abord qu'entendaient-ils par une « interview à la Chancel » ? Une longue (une heure) suite de questions-réponses avec, pour l'invité, le temps de

1. La précédente : « Comme on fait sa nuit on se couche… » n'en a connu qu'une !
2. Jacques Chancel présentait alors, depuis plusieurs années déjà, « Radioscopie ».

s'exprimer. Deux personnes (l'interviewer compris), assis face à face dans l'intimité d'un studio exigu : vrai tête-à-tête favorisant – quelle que soit la pertinence des questions ou des réponses – une certaine « complicité », inhérente à la proximité des deux « acteurs » mais aussi à la configuration de la pièce.

Et si on pouvait changer les règles ?

Premièrement, créer une distance entre l'interviewer et l'interviewé par un artifice quelconque. Poser la domination de l'un et la sujétion de l'autre. Canaliser automatiquement ses déclarations.

À quoi parvenons-nous ?

La réponse n'est guère encourageante. Monique évoque l'Inquisition ou un interrogatoire de police, lampe dans les yeux, tabassage soigné, et remarque à juste raison : « Pas terrible ! Pourquoi ne pas ajouter un personnage de bourreau avec bruitage de coups, hurlements de douleur ou de terreur ? Les moines inquisiteurs, on s'en fout, mais les réactions possibles des syndicats de police... Autre chose ! »

Donc, la torture inquisitoriale, non. La police, non. Mais la justice ? Pourquoi pas ?

J'ai alors repensé à mes années d'apprentissage du journalisme. Comme tout un chacun à l'époque, j'étais passé par les « chiens écrasés », c'est-à-dire les « faits divers » : tournée des commissariats, crimes sordides ou séances de « flags » au Palais de justice. Les « flags » ou flagrants délits[3] : ces sentences à la chaîne dispensées chaque jour par une chambre correctionnelle des tribunaux. Petits délinquants

3. À présent dénommés « comparution immédiate ». Le nom a changé, pas la formule.

pris sur le fait par la police la veille et jugés dès le lendemain matin. Il y en a tant que les magistrats surchargés distribuent les peines au plus vite, après un interrogatoire succinct, avant de se tourner vers le procureur (ou son substitut) qui, l'air effondré dans son coin, susurre un : « Application de la peine... » à peine audible. Puis vers l'avocat, souvent commis d'office, jeune et inexpérimenté, ayant à peine eu le temps de lire le dossier de son client et murmurant : « Euh, monsieur le président... – Oui, je sais, maître, son père boit, sa mère se prostitue... mais c'est la quatrième fois qu'il comparaît devant nous en quelques semaines... Allez, trois mois... Gardes, emmenez-le... Au suivant... » Le bruit des menottes qui se referment, le cliquetis d'autres qui s'ouvrent et le spectacle continue.

Spectacle... Un tribunal est un spectacle.
Tout y concourt : le rituel, les lumières, la sono, le silence dans la salle, les costumes, les différences de menuiserie, le président au centre, les uniformes tout en haut de la scène et, en dégradé, en pyramide comme pour la Sainte Trinité, le procureur, l'accusé, l'avocat, sans oublier les témoins, le public... Et puis, l'interrogatoire, qu'est-ce d'autre qu'une interview ? Après tout, un tribunal ne doit-il pas être une tribune pour toutes les parties ? Comme à l'église, tout est ritualisé. Vous ne parlez que lorsque le président vous y invite. Vous vous levez, vous vous asseyez quand il vous l'ordonne, au rythme de sa clochette. Le « prévenu », après les interrogatoires d'identité et de personnalité, peut se défendre des accusations portées contre lui lors d'un

échange de questions-réponses avec le président, puis lors de l'écoute des témoins à charge et à décharge. Ensuite, le procureur va devoir prouver la culpabilité de l'inculpé et l'avocat son innocence (ou le manque de preuves et sa bonne foi) avant que le président (ou le jury aux assises) se prononce sur son sort.
Enfin, voilà la théorie. Dans notre réalité radiophonique, cela dérape souvent. Des « flagrants délits », nous passons aux « flagrants délires ». Les chefs d'inculpation – en mêlant le vrai et le faux – se révèlent des plus farfelus ; le réquisitoire du procureur, la plaidoirie de l'avocat n'ont souvent, quant à eux, qu'un lointain rapport avec l'affaire qui nous préoccupe !
Pourtant, on s'y croirait. Nous respectons apparemment la procédure. Ou presque. Robes rouges bardées de médailles pour le président et le procureur ; noires pour l'avocat, les assesseurs ou l'huissier. Et même un uniforme de gendarme pour le pianiste : le seul représentant de l'ordre qui accompagne… au piano et non au « violon », les accusés condamnés à chanter une chanson, éloignée de leur répertoire ou de leur profession première, à moins qu'ils ne soient acquittés et doivent alors, justement, s'en acquitter.
Durant les deux saisons d'existence de notre « Tribunal » (1980/1981 et 1982/1983) défilera sur notre « banc d'infamie » la fine fleur des arts, des lettres et de la politique de l'époque.

CLAUDE VILLERS

Magistrat (à la retraite)

MESDAMES,
MESSIEURS,
la cour !

…

Je ne me souviens plus du temps qu'il faisait ce jour-là, ce 15 septembre 1980. Pleuvait-il ? Le soleil était-il haut dans le ciel ? D'abord, que veut dire « beau » ou « mauvais » en matière de météo, un lundi de première – en direct – d'une nouvelle émission obtenue de haute lutte, quand votre seul souci est de ne pas rater votre entrée après les informations de 11 heures en marchant sur l'ourlet rafistolé de votre robe rouge trop longue de magistrat trop gros !
De toute manière, il est maintenant trop tard... c'est parti. La voix de l'huissier s'élève dans notre salle d'audience : « Mesdames, messieurs, la cour ! L'avocat de la défense, Luis Rego... Le procureur général de la République, Pierre Desproges... Le président, Claude Villers... » Nous sommes encore debout derrière nos fauteuils, soutenus par les maigres applaudissements d'un public clairsemé (c'est la première !) que déjà Luis Rego bat la mesure : « One, two, three, quatre... », le brigadier Rabol plaque quelques accords et s'élève le « chœur des vierges » :

Nous **sommes** ***LE TRIBUNAL*** **DONT ON PARLE DANS LE JOURNAL**
QUI juge et qui **CONDAMNE** Les *MESSIEURS* comme les *DAMES*.
AVEC NOUS, PAS D'INNOCENTS
Tout le monde il est coupable
Nous en faisons le serment **Avant que vous ne passiez à table**
PAS QUESTION DE MENTIR PAS MOYEN DE S'EN SORTIR

Y A VRAIMENT RIEN DE PIRE
Qu' les Flagrants Délires...[1]

1. Musique de Georges Rabol, paroles de Claude Villers et Monique Desbarbat.

Le procureur Desproges au président Villers : « Je vous le dis, en raccourci, celui-là je vais en faire du petit bois… de justice bien sûr ! »

Re-maigres applaudissements. Nous prenons nos places. Le président, entouré de ses « assesseurs », tout en haut de l'estrade, derrière une longue table recouverte de feutrine verte, sur laquelle reposent de grosses chemises cartonnées grises contenant les dossiers de l'instruction et des exemplaires rouges des codes Dalloz : pénal, civil, administratif… Le tout éclairé par les trois ou quatre lampes aux abat-jour d'opaline verte réglementaires. Le procureur, lui, siège un niveau en dessous sur sa droite (ce qui, connaissant Desproges, se révèle normal) et l'avocat sur sa gauche (ce qui, connaissant Rego… *idem*) tout en bas, niveau plancher, devant le box de son client.

En arriver là nécessite du travail. Il faut – une fois son principe accepté – préparer la nouvelle émission, c'est-à-dire l'organiser, l'agencer, choisir les participants, définir le rôle exact des uns et des autres, engager les collaborateurs les plus efficaces dans leur domaine, recenser les besoins absolus, prévoir les imprévus, puis parler chiffons (budget) avec la direction et… l'administration. Et c'est, peut-être, le plus compliqué.

Dans le service public de la Radiodiffusion française, les auteurs de l'idée retenue sont dénommés[2] « producteurs délégués », c'est-à-dire qu'ils reçoivent la délégation du véritable producteur (et seul financier), Radio France en l'occurrence, pour conduire la fabrication, la gestion quotidienne, l'harmonie nécessaire entre les différents corps de métier impliqués participant à la réalisation du « produit fini », au mieux des intérêts de l'antenne. Je n'aime guère l'expression « produit fini », mais c'est le résultat attendu

2. C'était tout au moins le cas à l'époque (en 1980).

de ces salariés un peu particuliers[3], sous le regard vigilant, pour ce qui est de l'équilibre budgétaire, de l'administrateur de la station diffusant le programme (France Inter).
Ouf ! Cela paraît peut-être un peu austère mais Monique Desbarbat, ma coproductrice et réalisatrice depuis de nombreuses années, maîtrisait ce type d'exercice avec talent, brio, autorité et – je l'avoue, ce qui me manque parfois terriblement – le soin et la méticulosité exigés par le sérieux de ces tâches, bien loin de mon univers « bordélique ». Ce qui ne l'empêchait nullement, par ailleurs, de « déconner » joyeusement quand il le fallait !
Et puis « M. l'administrateur » de France Inter était alors une vieille connaissance : à l'époque où je m'ébrouais au bureau de l'ORTF à New York, c'était lui qui était en charge de l'inspection des correspondants à l'étranger, débarquant à l'improviste pour contrôler la bonne gestion des deniers de l'État et la bonne utilisation ou conservation des matériels techniques confiés à notre vigilance. N'ayant jamais « perdu » de Nagra (magnétophone professionnel des reporters), économe des bandes magnétiques, du budget d'achat des disques pour la discothèque et... fin connaisseur des bons restaurants pas chers de Manhattan, je ne pouvais manquer d'avoir sa confiance. Sans compter les productions menées à bien depuis mon retour dans la maison mère (déjà épaulé par Monique) : « À plus d'un titre », « Pas de panique », « Marche ou rêve », « Visa », « Comme on fait sa nuit on se couche », pour n'en citer que quelques-unes.
Même si les discussions avaient été parfois animées. Notamment sur l'acquisition de costumes et sur la présence,

3. Le statut est différent à la Télévision (même publique) où, le plus souvent, ce travail est confié à des « entreprises » de production.

dans notre studio, d'un chef éclairagiste et de ses assistants :
« Des costumes, des lumières pour une émission de radio !...
– Ben oui, des robes pour les effets de manche et n'oublions pas le public dans les gradins...»
Accepté.
Mais maintenant, qui allait endosser ces toges et sur qui braquer les projecteurs ?
Pour le rôle de l'avocat, j'avais l'homme : Luis Rego. Rencontré au Golf-Drouot dans les années 1960. Cet ancien guitariste des Charlots était devenu, après les avoir quittés, un auteur à succès de sketches et de chansons humoristiques pour one man show et de pièces de café-théâtre à succès (*Viens chez moi, j'habite chez une copine*, qu'adaptera au cinéma Patrice Leconte). Le petit Portugais, arrivé à Paris au début des années 1960 – pour échapper à la conscription coloniale du dictateur Salazar qui voulait garder son empire africain –, acceptera tout de suite ce nouvel enrôlement.
Les assesseurs seraient recrutés parmi les assistants de production, également juges d'instruction chargés d'interroger (par téléphone) les accusés avant leur « comparution » et de constituer un véritable dossier sur l'individu, à travers son état civil, sa carrière et les articles de presse la jalonnant (ce qui me permettait, lors du procès, de déterrer une vieille coupure datant de ses débuts et de déstabiliser le prévenu en lisant : « Le 11 juillet 1952, vous avez déclaré au quotidien *Franc-Tireur*... », en absolue contradiction avec le présent). Plusieurs générations de futurs producteurs ou réalisa-

Pierre
DESPROGES

La toute première du « Tribunal des flagrants délires » :
« Riez pendant qu'il en est encore temps, monsieur l'accusé Perret… Mais craignez les foudres de la justice… » Tu parles.

« Oser faire ça à un ami! »

L'ami Pierrot est à la une ce 15 septembre 1980.
Il n'en revient pas de notre mauvaise foi.

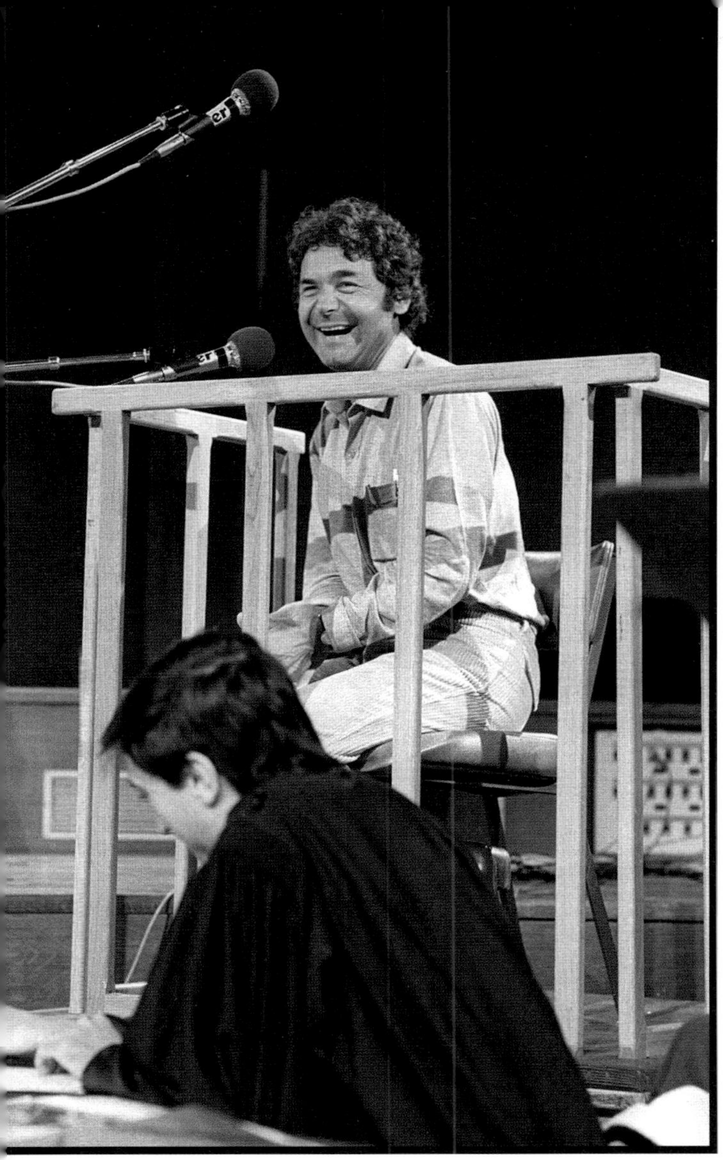

teurs, voire directeurs, se sont succédé à ce poste : Patricia Martin, Serge Christophel, Gilles Le Mouël, Michel-Alain Barjou, Marina Kouyoujinski ou Maïté Vasseur, entre autres.

Idem pour l'huissier dont le premier fut un comédien : Bernard Pilot. Suivi de Henri-Marc Mutel ou d'Étienne Fernagut, devenu l'un des producteurs-animateurs vedettes de la Radio suisse romande.

Gérard Calvi, l'ex-accompagnateur de mon idole Francis Blanche, compositeur entre autres des « Branquignols », me recommanda comme pianiste Georges Rabol et je ne le regrette pas[4].

Quant au procureur, j'étais allé le chercher dans la presse écrite où il signait tous les jours dans *L'Aurore* l'un des exercices les plus difficiles dans la profession journalistique : les brèves.

4. L'homme, à présent disparu, si !

Pouvoir résumer en quelques phrases une information d'apparence anodine et chuter sur un bon mot. Du grand art. Pierre Desproges, que j'avais vu à la télévision dans quelques numéros du « Petit Rapporteur » de Jacques Martin, avec ou sans Daniel Prévost, m'avait fait beaucoup rire. Pour moi, il était taillé pour l'emploi. Après quelques réticences à endosser la « robe austère de la justice, sous laquelle battait... », et un bon repas bien arrosé dans un restaurant italien du quartier des Halles aujourd'hui disparu, il accepta d'essayer, pour mon plus grand plaisir.
Toujours assis devant moi, au pied de l'estrade, l'huissier, à ma demande, tonitrue cette fois : « Le ministère public contre... », alors que le prévenu se dirige vers le « banc d'infamie », cerné de barreaux de bois ciselés par les menuisiers « maison »...

C'est ainsi que débarque dans notre salle d'audience du studio 105, ce 15 septembre 1980, le sieur Perret, accusé – entre autres – de « maltraiter la langue française ».
Oser faire ça à un ami, « habitué volontaire » et « cobaye adoré » de toutes mes premières émissions, un amoureux des mots surtout, dégustateur patenté du vocabulaire !
Volontaire qui plus est pour un éreintement en règle !
« Pierre Perret sera jugé par un jury tiré au sort. Huissier, appelez... »
En fait, ces « braves citoyens » (cinq) du jury sont totalement volontaires également, assis au premier rang du studio public (105 ou 106 en alternance pour maintenance technique) qui contient environ trois cents personnes.

Le prévenu, à la lecture de l'acte d'accusation.

Mon «cobaye adoré»

Pierre, je le connais depuis longtemps. Depuis le début des années 1960. Avant même d'entrer à l'ORTF (devenue Radio France). J'aimais déjà la chanson française et, en particulier, ce jeune créateur et interprète, rencontré avec Lucien Morisse (alors directeur des programmes d'Europe 1), interviewé peu avant pour *Radio-Magazine* (l'ancêtre de *Télé-Magazine*). Malade, Pierre était surtout connu d'un petit nombre de fans pour « La Berezina ». La misère physique et morale, il connaissait. Grâce à Lucien et à son entregent, ce ne fut plus, rapidement, qu'un mauvais souvenir.
Ensuite, il devint l'un des invités réguliers du « Pop Club » de José Artur dont j'avais en charge la programmation. Son surgissement parmi nos nouvelles vedettes de la chanson ne changea rien à nos rapports et à la simplicité de son comportement. Nous étions faits pour nous entendre, partageant la même passion pour la « bonne vie ». Et je lui dois par ailleurs la découverte d'excellents vins de Bordeaux. Qu'il en soit ici remercié. À mon retour des États-Unis (où j'ai eu le plaisir de le recevoir), notre complicité a perduré[5] et je savais que je pouvais compter sur lui pour toutes mes tentatives de renouvellement radiophonique. Un rôle à risque pour qui connaît le « danger » de réussite ou d'échec des nouvelles formules. Dans ce cas-là, il faut un véritable ami qui possède de l'indulgence pour les possibles ratés.
Pierre prouva derechef son identité de « saltimbanque » en interprétant sa chanson « Estelle », accompagné (fait exceptionnel) du piano de notre brigadier Rabol et non d'une guitare, avant de nous offrir un pastiche de son enfance malheureuse chez de prétendus bourreaux. Surpris de mon

5. Il sera ainsi l'invité de ma toute dernière émission (« Je vous écris du plus lointain de mes rêves… ») lorsque je quitterai définitivement l'antenne en juin 2004.

accusation d'outrage à la pudeur fondée sur un extrait tronqué de sa chanson « La cage aux oiseaux », où les fameux oiseaux devenaient « zizis », il protesta contre ces étranges fautes de frappe et nous demanda comment irait le monde si l'on avait de cette manière imprimé la Bible...
Notre tout nouvel accusé avait convoqué comme témoins le restaurateur en vogue – aujourd'hui disparu – Jacques Manière et le chanteur Henri Tachan et termina en interprétant magnifiquement « Le tord-boyaux » au saxophone et en chantant du Brassens.

Gilles Vigneault reprend «Tant qu'il y aura des étoiles» de Tino Rossi.

Gilles
VIGNEAULT

ET BÂILLER ET DORMIR

...

Au début, la salle sera souvent à moitié pleine (ou à moitié vide, selon ce que l'on peut en penser). Manque de publicité (à part ce que l'on nomme l'autopromotion en forme de spots diffusés sur la chaîne), critiques vachardes régulières dans la presse, abondant courrier des auditeurs dénonçant à la direction les écarts de langage, le manque de « respect » vis-à-vis de nos « prévenus » : « De quel droit vous permettez-vous de juger M. ou Mme X en les accusant de méfaits totalement faux ? » Comme si nous devions rappeler toutes les trois minutes qu'il s'agissait d'humour. D'ailleurs comment expliquer l'humour, la parodie ? Justement, autre thème récurrent dans les colères épistolaires, l'image de l'institution : « Comment osez-vous caricaturer les rouages du système judiciaire français, certainement l'un des meilleurs du monde, si ce n'est le meilleur... » (?)
Il faut également compter avec ceux qui furent surpris par notre ton très libre, contrastant avec les programmes précédents plus classiques ; avec les nostalgiques du – comme on ne disait pas alors – politiquement correct, déplorant le « mauvais exemple » donné à notre « belle jeunesse française, certainement l'une des plus, etc. » ; et bien sûr

tout simplement, et ils furent alors nombreux, ceux qui n'aimaient ni le fond, ni le style, ni la forme inachevée de ce qui se cherchait encore durant les premières semaines d'une émission dont le rodage leur semblait un peu longuet !
Notre directeur, Pierre Wiehn, pourtant ne désespérait pas. Il nous soutenait, nous encourageait. Car, devant l'hostilité presque générale, nous commencions à douter fortement. Cette formule était-elle la bonne ? Étions-nous à la hauteur de la situation ou carrément mauvais ? Pendant un moment, Monique et moi nous sommes même posé la question de savoir s'il fallait continuer. N'était-ce pas persister dans l'erreur ? Ne fallait-il pas abandonner et, pour janvier, penser à une nouvelle idée ? Ou à un nouveau rythme ?
Pourtant, nos invités des premières semaines jouaient parfaitement le jeu et se dépensaient sans compter : Victor Lanoux (interprétant « Saturne » de Georges Brassens), Gilles Vigneault reprenant le « Tant qu'il y aura des étoiles » de Tino Rossi (avec Michel Bühler et Sapho), Jean-Pierre Cassel et Bernard Haller (avec Alain Chevalier et Jean-Claude Carrière). Suivis par Claude Chabrol (avec Jean-Michel Caradec), Pierre Delanoë (avec Hervé Cristiani), Jean-Louis Trintignant qui avait choisi « La folle complainte » de Charles Trenet (avec Guy Marchand), Henri Tisot (avec Jean-Marie Proslier et l'accordéoniste Aimable), Hughes Aufray, Brigitte Fossey chantant « Une jolie fleur » de Georges Brassens (avec Paco Ibáñez), Raphaëlle Billetdoux (avec Françoise Xenakis et David McNeil), Gérard Calvi, Marie-Christine Barrault (reprenant Barbara, « Dis, quand reviendras-tu ? »), Yves Simon,

Patrick DEWAERE

Une des dernières apparitions publiques de Patrick Dewaere. La « juge assesseuse », Marina, est sous le charme, l'huissier toussotant est Étienne Fernagut, l'assesseur souriant, Gilles Le Mouël.

Pierre Dux, Julos Beaucarne, Bernadette Lafont, Roland Topor, Alain Bashung, Marie Dubois, Catherine Ribeiro, Anny Duperey, Bernard Lavilliers entonnant « Graine d'ananar » en hommage à son maître Léo Ferré, Pierre Mondy, Haroun Tazieff, Georges Wilson, Rufus, Patrick Dewaere, dont ce fut l'une des dernières apparitions en public (il est mort en 1982), qui s'attaqua à Polnareff avec sa version toute personnelle de « La poupée qui fait non », Annie Cordy fredonnant Piaf, « L'accordéoniste », Dave, Bertrand Tavernier, Eddy Mitchell, Jacques Lanzmann, Louis Chedid, parmi d'autres.

Un jour, à peu près un mois plus tard, à la mi-octobre, nous vîmes des coulisses, avant d'entrer en scène, la salle se remplir, et même les pompiers de service évacuer des spectateurs assis en surnombre sur les marches. Un public rajeuni. Le bouche à oreille avait fonctionné. De timides articles alignaient quelques lignes enfin favorables

La « cour » appréciera le rire non feint du président de ce tribunal.

dans divers quotidiens ou hebdomadaires. En ce début de la première saison, notre prestation se réalisait en direct, sans filet, de 11 heures à midi. C'était épuisant. Dès 8 h 30/ 9 heures, commençaient les répétitions, la mise en place, les « balances » avec les interprètes. Souvent, ils avaient travaillé la veille (ou fait la fête !) fort tard dans la nuit, et nous leur demandions d'être éveillés, attentifs afin de rebondir dans notre jeu de questions-réponses et de rendre au mieux une chanson fort éloignée de leur répertoire ou même de leur domaine habituel. Surtout que tout devait être terminé à 10 h 30 au moment de l'entrée du public. L'un des derniers artistes à subir ce régime fut le peu matinal Eddy Mitchell. Protestant à sa façon, il choisit de chanter un tube d'un autre Eddie (Constantine) des années 1950, « Et bâiller et dormir » !

Un court moment de sérieux pour maître Luis Rego, avant son délire quotidien.

L'effort demandé aux équipes de production ou de réalisation représentait une charge inhumaine. Elles arrivaient encore plus tôt, partaient encore plus tard. Pas question pour les auteurs d'une petite sieste dans l'après-midi : prière de lire les dossiers et d'écrire pour le lendemain. De l'attention et de la tension au menu ! Recrue de fatigue, la pauvre Monique, après un mois et demi de ce régime, en

était à menacer de démissionner ! Le bateau tanguait alors que le succès s'installait. Pierre Wiehn, conscient du danger, se laissa convaincre, sans trop de difficulté, de déroger à la sacro-sainte loi du direct à l'antenne et, sur notre proposition, accepta que nous enregistrions trois après-midi par semaine (lundi, mercredi, vendredi) au rythme de deux audiences par séance. C'est-à-dire six pour cinq diffusions. Ce qui, toutes les cinq semaines, nous permettait de faire une semaine de pause dans les enregistrements pour préparer les dossiers, monter les émissions et écrire. Ouf ! Enfin une vitesse de croisière plus humaine. Et cela nous donnait de plus une réserve pour pallier – comme cela nous est arrivé au moment du direct et même après – une défection de dernière minute.
Car, à la radio, pas question de juger par contumace !
Le temps de mettre le système en place et, fin octobre, Nicoletta débutait la nouvelle formule avec le groupe Harlem Swing ! Tout le studio (complet) tapait des mains et des pieds, déchaîné, pour accompagner les gospels. Dès le lendemain, « dans le poste », Guy Bedos – qui s'estimait interdit d'antenne sur le service public (?) – étrennait ses sketches d'actualité, sans compromis pour le pouvoir d'alors (nous étions fin 1980, à quelques mois des présidentielles de mai 1981 !) et concluait par une chanson d'Aznavour, « Sa jeunesse ». J'en profite d'ailleurs pour récuser cette notion de censure, propagée à loisir pour se faire pardonner leur lâcheté par les tenants de la pire des censures : l'autocensure.

2 x 50 centimes

Tous les participants du Tribunal : auteurs, assistants, invités peuvent en témoigner, aucun interdit, aucun tabou n'était édicté. Ni par la production ni par la direction ou d'autres qui ont précédé ou suivi, quelle que soit la couleur politique du moment[1]. De plus, ni Monique ni moi – et encore moins M. le directeur – ne lisions jamais les textes des réquisitoires ou des plaidoiries avant les séances. Ce qui me permettait de les découvrir en cours d'émission et de réagir spontanément, c'est-à-dire de rire sans me forcer.
Simplement, dès le début, j'avais rappelé à chaque participant les limites – très larges – des lois sur la liberté de la presse punissant la diffamation, l'injure personnelle et décriant les plaisanteries dirigées contre différents symboles de notre pays : remise en cause de notre Constitution, de la démocratie, partage entre le législatif et l'exécutif, incitation au racisme, à l'antisémitisme, appel à l'émeute, à la violence, parodie de l'hymne national, atteinte à la fonction présidentielle... la fonction seulement. L'homme lui, en tant que tel, pouvait être critiqué ou moqué dans les limites du délit d'injure publique applicable à chaque citoyen.
Le réel problème, dans le cas des procès de presse, n'est pas du tout la sévérité de la peine, en général avant tout de

1. Je suis entré à France Inter en 1964 et suis devenu producteur délégué de l'automne 1971 jusqu'en juin 2004.

principe (le franc – à présent l'euro – symbolique) et, très rarement, de la prison avec sursis ; mais la perte de temps, suivant la complexité et la durée des précédents, qu'occasionne la journée au Palais de justice à attendre son audience. Enfin, si ces condamnations se révèlent trop nombreuses ou fréquentes, s'ensuit une perte certaine de crédibilité de l'organe qui vous emploie.

Personnellement, durant ces quarante années passées dans le service public de la Radiodiffusion, je n'ai été menacé des foudres de la loi que trois ou quatre fois : la première par une secte religieuse (dissoute peu après), à propos d'une enquête sur ses transferts financiers vers un compte en Suisse, effectuée par deux reporters de « Comme on fait sa nuit… ». Auparavant, dans « Marche ou rêve », j'avais écopé d'une condamnation (le fameux franc symbolique), pour « intention de nuire » à un industriel du stylo-bille, cartonnier à Clichy devenu « baron ». Un titre dont notre enquêtrice prétendait qu'il avait été acquis contre espèces sonnantes et

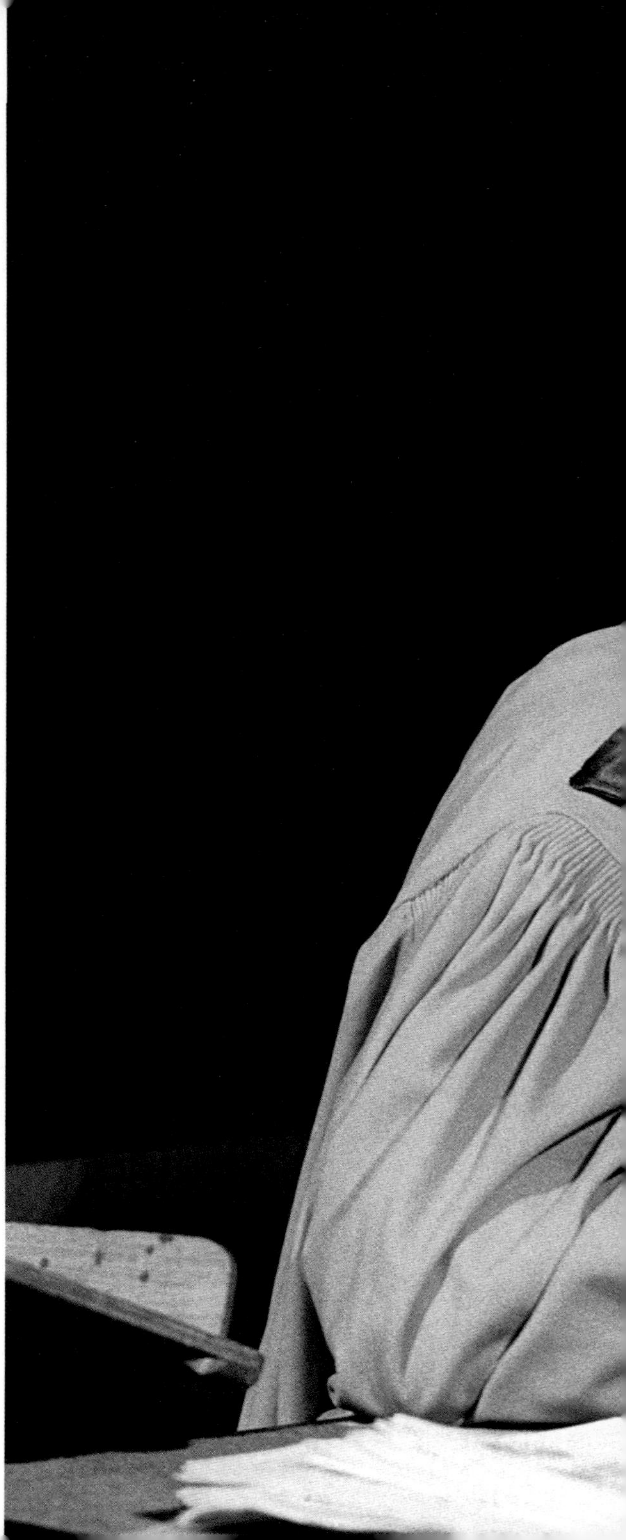

Pourquoi dépenser une fortune pour lire tout Sartre alors que, pour le prix d'un numéro de M... vous avez *La Nausée* et *Les Mains sales* ?

trébuchantes. D'après les attendus très amusants du tribunal – que le plaignant n'a jamais fait publier[2] –, les faits énoncés au cours de notre enquête tendaient à le ridiculiser.

En revanche, la plainte d'un hiérarque du SAC (Service d'action civique), mécontent après une émission du Tribunal où comparaissait un ancien chef « barbouze » (de la guerre d'Algérie), très déçu de la « dévoyance » et du détournement « idéologique » de ce mouvement depuis 1968 (réqui-

2. Même à notre charge.

Chez nous, tout commence par des chansons, enfin… l'indicatif. « L'audience est ouverte… Vous pouvez vous asseoir. » Les couvre-chefs des magistrats sont des « mortiers » en argot du métier.

sition des stades dans certaines régions pour y parquer – on dit retenir – les éléments estimés subversifs de notre société), se solda, elle, par un non-lieu. Le rappel de ces faits durant l'émission était prohibé puisque – je l'ignorais alors – ils avaient été couverts par une amnistie bienvenue quelques années plus tôt.

Première audience, donc, au vrai Palais de justice !

Le plaignant – négociant maraîcher dans le midi de la France – se trouve dans l'impossibilité de se présenter en raison d'un surcroît de travail, et, par l'entremise de son avocat, demande un report. Accordé. Le président remet à une autre date.

Deuxième audience, nouvelle absence, en raison d'un excès de travail, toujours. Nouveau report.
Troisième audience, troisième absence. Toujours pour la même raison, dixit son défenseur.
Là, je sens (la directrice du service juridique prétendait que notre présence aux côtés de l'avocat de Radio France était appréciée de la cour) un certain agacement dans les propos du magistrat jusque-là « bon enfant », dénonçant la légèreté du plaignant vis-à-vis du temps et des moyens de la Justice française ou bien des prévenus de mon genre : « Maître, vous direz à votre client que ma patience a des limites. À mon avis, celle de M. Villers et de votre confrère de la défense également. Par ailleurs, je ne pense pas que M. Villers lise dévotement chaque matin le *Journal officiel*. Je lui accorde donc la bonne foi et la relaxe des faits incriminés. En revanche, M. X… (le plaignant) est condamné aux dépens[3]. »
Cet avatar vint conforter ma légitimité judiciaire personnelle, surtout que précédemment, l'avocat de mon accusateur ayant voulu soulever un point de droit en m'interpellant, le président l'avait interrompu en pleine envolée d'un « Pardonnez-moi, cher maître, mais je vous rappelle que M. Villers n'est en aucune façon un véritable magistrat. En revanche, l'avocat de Radio France ou moi-même nous ferons un plaisir de vous répondre… ».
Rires dans la salle.
Clochette.
On aurait dit la TSF !
Et puis me revient cette autre émission du « Tribunal des flagrants délires », encore, qui m'a valu mon dernier procès.

3. Frais de justice inhérents au procès.

Même si je l'ai perdu, je n'en garde aucune honte. Puis-je dire que, bien au contraire, j'en tire presque une certaine fierté ? Comment évoquer ce « titre de gloire » sans risquer la récidive ? Bah, à présent, Mme Prescription doit être passée par là.
C'était un jour comme les autres, je ne me souviens même pas de l'accusé du moment. Pierre Desproges, lancé dans son réquisitoire « implacable », s'exclame soudain : « (...) Pourquoi dépenser une fortune pour lire tout Sartre alors que, pour le prix d'un numéro de M... (ici le titre d'un hebdomadaire d'extrême droite), vous avez *La Nausée* et *Les Mains sales* ? » Boum. Dans ma petite tête, au moment même où il prononce cette phrase et tandis qu'éclatent les rires de l'assistance (y compris les miens), j'entends une petite voix me dire : « Là, t'es bon... c'est pour ta pomme la journée en correctionnelle ! » Je suis sûr que Pierre a pensé la même chose au même moment. On s'est regardés, j'ai donné un petit coup de clochette et j'ai ajouté, faussement choqué : « Monsieur le procureur !... » Mais j'ai trouvé cette formule si appropriée que je n'ai pas été déçu quand le directeur de publication dudit périodique a porté plainte avec le résultat attendu.

Bling !

Encore un franc pour ma chère « maison ».
Je dois à la vérité de dire que les différents P-DG « conjointement responsables » n'ont jamais retenu sur mon salaire les deux fois 50 centimes que je leur devais.

DU GRAND CIRQUE…

Dès la fin octobre, la file d'attente des candidats spectateurs se formait dans les escaliers et jusque sur le trottoir devant la porte B de la Maison de la Radio. Qu'il pleuve, qu'il vente ou neige en plein hiver, ils restaient là, stoïques, pressés contre les barrières du service de sécurité. Je n'ai jamais compris pourquoi on ne leur permettait pas de patienter dans le grand hall (ce qui se fait à présent pour les émissions publiques). D'après Luis Rego, lorsque des humains consentent à endurer ce type d'épreuve, c'est un bon indice de popularité : « Ça veut dire qu'ils sont prêts à en baver pour nous… » Pour nous et aussi, quand même, pour nos prévenus d'un jour et leurs performances. En cette fin d'automne 1980 se succédaient des participants aussi divers que Fabienne Thibeault (remarquable interprète de « La tendresse » de Jacques Brel !), Maxime Le Forestier dans une chanson très peu connue de Serge Lama, « La fronde », Claude Piéplu distillant le succès du Maurice Chevalier d'avant-guerre « Ah voui », Jean Poiret, le dessinateur Fred, Max Gallo, Marie-Paule Belle (qui choisit de chanter le classique de la chanson érotique « Nous nous plûmes… »), Romain Bouteille, Yves Robert (interprète à sa façon de « La complainte de Mackie » de Kurt Weill et Bertolt Brecht tirée

Ce jour-là, maître Rego, absent pour cause de tournage, avait cédé la « défense » de nos persécutés à maître Eva Darlan.

Eva DARLAN

de *L'Opéra de quat'sous* – étonnant !), Mort Shuman, Pierre Tchernia (inoubliable dans le « À Montmartre » de Bruant) ou Daniel Gélin (dans le « Mistingo » de Bach et Laverne). C'est aussi ce mois de novembre qui vit notre première tournée à travers la France dans des théâtres archi-combles où ne pouvaient s'installer que la moitié de ceux qui attendaient ! Ceux laissés à l'extérieur protestaient si bruyamment que nous ne pouvions commencer à enregistrer. Souvent, je devais sortir pour les calmer et les assurer qu'ils pourraient assister à la deuxième séance. Le problème, évidemment, venait de ce que les premiers assis refusaient, pour la plupart, de quitter leurs fauteuils !

Il faut dire que les « audiences » valaient le déplacement ! Avec, entre autres, les fantastiques performances, au Théâtre du Taur à Toulouse, de Charles Aznavour donnant une version jazzy de l'œuvre de Francis Lemarque « Le temps du muguet », avec l'accompagnement de batterie « buccale » de Michel Leeb ou de Daniel Balavoine (voir CD ci-inclus pour ce dernier). Aznavour, au-delà de sa performance ce jour-là, me rappelait que, bien des années auparavant, il avait été mon « patron », un vrai patron de presse, après avoir racheté le mensuel *Disco Revue* auquel je collaborais, dont la rédaction se situait dans les locaux de son imprésario Marouani, installés dans un hôtel particulier de la rue d'Artois, vers les Champs-Élysées à Paris. Cela me rajeunit de le revoir. Lui aussi, me confia-t-il. Par la suite, Charles reviendra souvent au « Tribunal des flagrants délires » (comme accusé ou comme témoin de ses camarades préférés et même dans d'autres tournées. Entre autres à Rouen).

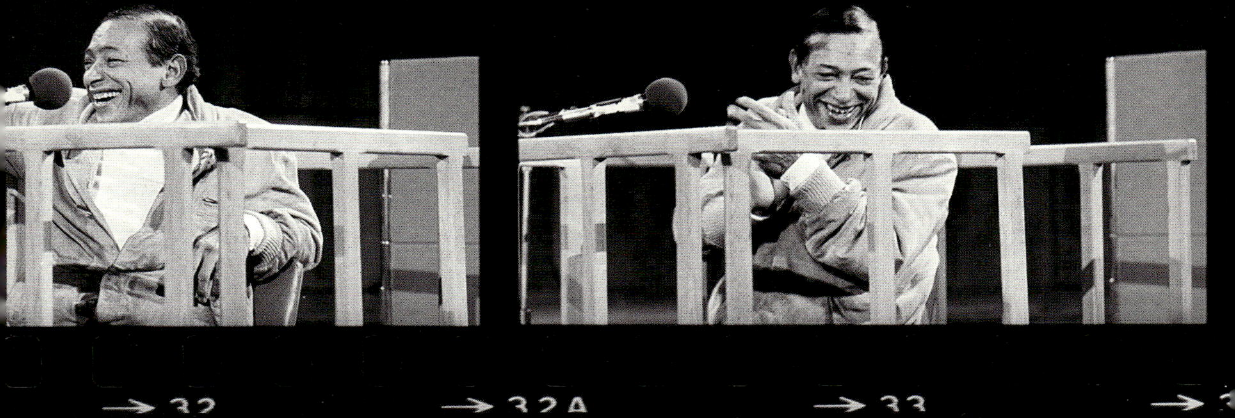

Le rire d'Henri
Salvador valait tous
les arguments de défense
d'un prévenu modèle.

{ Henri SALVADOR

Ces jours-là, le « délire » était dans les salles.

Durant son existence, le Tribunal fut amené à se balader à travers toute la France. De Perpignan à Montpellier, à Rouen, Montluçon, Nantes, Moulins, Vannes... Dans tous les sens, toutes les provinces. Chaque fois, une véritable caravane : camions, voitures, vans ! Du grand cirque. Très souvent, Pierre, Luis et moi partagions le même véhicule afin de mettre au point certaines de nos interventions pour le soir à l'étape. Cette cohabitation n'allait pas sans heurts parfois. Par exemple, je ne me souviens pas de Desproges au volant (il me semble même qu'il n'avait pas son permis ou tout au moins qu'il n'aimait pas conduire). Rego et votre serviteur se relayaient pour piloter tandis que notre procureur grognait sur la banquette arrière si l'un de nous se permettait de fumer. Je l'entends encore nous menacer de « mourir sous peu d'un cancer ». Il avait raison, fumer tue ! Et pas toujours celui qui fume. Mais nous n'en étions pas encore là ! Ces tournées étaient également prétextes à divers incidents et même accidents : pannes, nuits d'hôtel sans sommeil en raison du temps que nous passions au bar avec l'équipe, moments de solitude, de lassitude, de fatigue, vols de matériel (la tête du cambrioleur en découvrant dans la malle arrière d'une de nos voitures la panière contenant nos robes de magistrat et l'uniforme de gendarme, d'ailleurs vite retrouvés le matin même par la maréchaussée sur un parking voisin !), fâcheries d'un moment, mais surtout fous rires de tous les instants et canulars incessants.
En tournée ou en studio, nous recevions les invités les plus

sérieux, comme la cinéaste Nelly Kaplan, l'historien Roger Boussinot, le producteur Claude Berri ou le comédien Philippe Noiret (à chacune de mes questions, il commençait ses réponses par un traînant « Mon Dieu… », jusqu'à ce que je me tourne vers lui en disant : « Appelez-moi plutôt Monsieur le président, ou Claude si vous préférez… »), aussi bien que de doux dingues tels que Serge Gainsbourg, Jean-Pierre Mocky, Serge Lama, Jacques François, Mouloudji, Henri Salvador, Michel Berger, Marcel Gotlib, Jean-Marie Rivière, Claude Rich ou Alain Souchon qui, en duo avec Laurent Voulzy, créa ce jour-là « Somerset Maugham » avant que cette chanson ne soit enregistrée sur disque.

L'année se conclut en beauté avec Léo Ferré, installé à un piano de concert, chantant la chanson de Charles Trenet « Que reste-t-il de nos amours ? ». Une interprétation éblouissante dans un studio bourré à craquer, debout, applaudissant durant sept minutes ! Un grand moment d'émotion que nous avons diffusé le 24 décembre, en guise de cadeau de Noël à nos auditeurs. Pierre Perret inaugura la nouvelle (1981) en pleine forme, bénéficiant d'un « appel » de sa première comparution. Une revanche pour sa bonne volonté lors des débuts difficiles ! Lui aussi choisit cette fois de chanter du Trenet (certainement l'auteur-compositeur le plus mis à contribution par les « prévenus »). Quant à François Béranger, il préféra une chanson grivoise que je lui avais fait découvrir plusieurs années auparavant : « Ouvre la fenêtre ». Du type comprend qui peut, comprend qui veut. Jacques Laffitte, le coureur automobile, entonna bien évidemment cet autre succès de Trenet « Je t'attendrai à la porte du garage »…

Mme ANASTASIE

Consécration de notre réussite : Antenne 2 (pas encore France 2) nous propose une version télévisée du Tribunal à 20 h 30 un samedi du mois de mars. Tournage en février avec Raoul Sangla comme réalisateur, dans le studio 102 (alors le plus grand : neuf cents places ! et autant de spectateurs dehors)... L'ambiance est survoltée alors que défilent les participants devant les caméras : l'accusé, mon copain Jean Carmet (« Je ne tolère qu'une seule arme, le tire-bouchon ! »), a pour témoins Michel Legrand, Alain Souchon, Georges Conchon, le prix Goncourt 1964, sans oublier, et c'est là que le bât blessera, Paul Préboist...
Hélas, la télévision n'est pas la radio. Si nous avons toujours ignoré la censure sur les ondes de la TSF, Madame Anastasie règne alors (encore ?) sur le petit écran.
L'émission dûment montée et mixée, il ne nous reste plus qu'à signer le PAD (Prêt à diffuser) quand Monique, Raoul et moi sommes convoqués par le directeur des programmes de la chaîne dans son bureau des Buttes-Chaumont pour un rapide visionnage. Jusque-là rien que de très normal. Et puis soudain, il arrête la cassette (le DVD n'existait pas encore) et s'exclame :

« Ici, nous avons un problème... »
Tous les trois, connaissant la bande par cœur, nous regardons étonnés. Un problème ?
Ça repart et, comme prévu, nous visionnons la déposition d'un personnage de commissaire, créé pour l'occasion et joué par ledit Paul Préboist, relatant avec force détails l'arrestation par ses agents du susnommé Carmet en pleine exhibition dans une galerie du musée du Louvre :
« C'est alors que le prévenu a montré son sexe... »
À ce moment, le procureur Pierre Desproges, sans même lever la tête de son dossier, lance :
« Vous pouvez dire quéquette, monsieur le commissaire. »
Rires dans la salle.

Jean CARMET

Laurent Voulzy et Alain Souchon créent leur chanson « Somerset Maugham », avant même de l'enregistrer sur disque (le 18 décembre 1980).

Le procès de l'affreux « Carmet la joie », si loin de sa bonne ville de Bourgueil.

« Je ne tolère qu'une seule arme, *le tire-bouchon* »

« Vous pouvez
dire QUÉQUETTE,
monsieur le
commissaire »

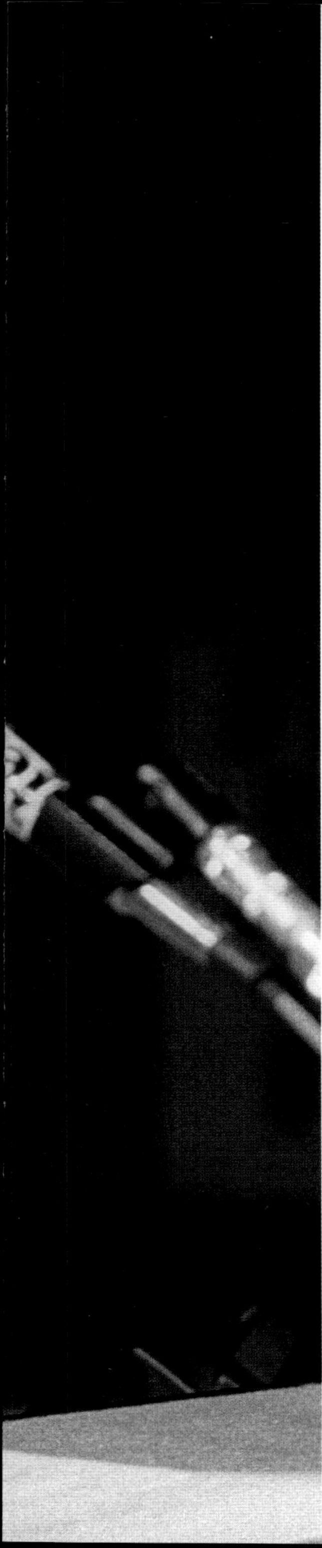

Le directeur interrompt de nouveau le défilement de l'enregistrement et nous assène :
« Alors là, là, ce n'est pas possible de diffuser une telle insanité… Quéquette, à une heure de grande écoute, un samedi soir, devant un public familial. Si les enfants entendent cela… Je n'ose y penser ! »
Devant l'effarement s'emparant soudain de leur « supérieur hiérarchique », les trois « saltimbanques » se regardent, ébahis, et ne répliquent qu'un maigre « Mais…
– Non, je vous le dis, coupe-t-il péremptoire, il faut couper quéquette ! »
Alors s'engage une incroyable discussion sur l'emploi ou non d'un pareil terme ! Le dirlo tient bon sur son exigence de bienséance. Nous, on avait plutôt envie de rigoler. Pensez, quatre adultes de plus de trente ans, dans un bureau directorial du service public de la Télévision, s'affrontant sur le bien-fondé du mot « quéquette » !
« Parler ainsi… Quéquette… Si encore il avait dit zizi… C'est mignon, zizi… »
Ouais, à part qu'à l'époque de la chanson de Pierre Perret (encore lui !), les intégristes puritains, défenseurs de nos chastes oreilles, avaient tenté de la faire interdire. J'en étais persuadé : cet affrontement, apparemment sémantique, cachait autre chose. Réfléchissons… Quel était l'événement principal en cette année 1981 ? Les présidentielles en mai. D'accord, nous n'étions pas encore en période électorale mais quelle était la séquence suivante ? Le témoignage de l'écrivain Georges Conchon évoquait, d'un ton moqueur, les mésaventures passées ou récentes de divers candidats à ces

élections. Ils étaient bien une bonne dizaine, plus ou moins sérieux. Toutefois, la course se déroulait principalement entre le représentant de l'opposition socialiste et l'actuel (1981) locataire de l'Élysée. François Mitterrand avait eu droit au rappel plus qu'ironique de « l'attentat de l'Observatoire » dans les années 1950 et V.G.E., sur le même ton, à la récente affaire africaine dite « des diamants de Giscard ».
Bingo !
Mes petits camarades – qui connaissent aussi bien le déroulement de la séance – en arrivent à la même conclusion. Et l'autre qui continue, imperturbable :
« … Quéquette… Il faut couper quéquette… pour nos enfants… Sinon, l'émission ne pourra pas être programmée… »
Je n'y tiens plus et je lui lâche :
« Mais, monsieur, allez donc dans une cour de récréation, les gosses, eux, parlent de bite ! »
Là, c'est sa diatribe que je coupe. Et j'ajoute, après avoir consulté des yeux mes complices :
« Pas question… »
Il plaide à nouveau. Nous restons fermes dans notre refus.
Nous savions que si nous acceptions sa suggestion, il nous faudrait aussi supprimer ce qui suivait. Cohésion du montage oblige. L'émission – pourtant déjà annoncée dans la presse – fut donc déprogrammée. Elle n'a été diffusée que dix ou quinze ans plus tard, en troisième partie de soirée à minuit, dans « La 25e heure » de Jacques Perrin. Jusque-là elle était officiellement « égarée ».
La cerise sur le gâteau, c'est que deux ou trois jours après

le 10 mai 1981 et la défaite de Giscard, ce même directeur (soucieux de son avenir ?) me téléphona pour nous demander une nouvelle mouture du Tribunal, me précisant :

« Vous savez… j'ai toujours été de gauche ! »

Et alors ? pensai-je, quel rapport ? Quoi… ? Ah oui, je peux me tromper.

Les Trois Mousquetaires du Tribunal menottés au brigadier Rabol : la photo fut prise sur les marches de l'église de la Madeleine, le vrai Palais de justice de Paris nous ayant été interdit par les autorités. Quelques instants après, le curé en personne est venu nous expulser, avec son bedeau, pour, dit-il, « sacrilège » !

D'ailleurs, malgré mon refus de poursuivre notre si enrichissante (bien que brève) collaboration à l'aube d'un changement de majorité, et en dépit de la terrifiante répression qui devait s'ensuivre (en 1981, rappelez-vous, on annonçait l'arrivée imminente des chars soviétiques à Paris sur la place de la Concorde !), ce triste sire a conservé ses hautes responsabilités jusqu'à sa mort, des suites d'une longue maladie.

Je ne sais pas comment, j'ai eu beau pendant toutes ces années faire des efforts, je ne suis jamais parvenu à me souvenir de son nom.

Paix à ses cendres.

SÉRÉNITÉ judiciaire

...

En dépit de cet avatar, nous continuons à progresser sur les ondes radiophoniques. Le courrier change de ton. Nous invite à continuer. Le très sérieux quotidien *Le Monde* consacre une demi-page au « phénomène ». Les volontaires sont nombreux à subir la vindicte de notre Justice. Parmi d'autres : Guy Béart, Alphonse Boudard, Nino Ferrer, Renaud, Maurice Biraud, Louis Chedid, Hervé Cristiani, Gilbert Laffaille (qui chante Fréhel). Daniel Auteuil, qui révèle avoir longtemps rêvé d'être chanteur de rock, s'attaque à « L'idole des jeunes » de Johnny Hallyday et réussit à nous convaincre qu'en devenant comédien il a fait un meilleur choix ! Brigitte Fontaine, le dessinateur de BD Franquin, Julien Clerc, Jean-Edern Hallier qui vient de poser sa candidature à l'Académie française et, peut-être pour l'étayer, nous fait un véritable cours sur l'évolution du roman depuis Dostoïevski, éreintant, écorchant même ses contemporains (et rivaux) avec cette pertinence cruelle du redoutable polémiste qu'il est, mais aussi avouant son incroyable fascination esthétique pour les attentats terroristes (!). Ce qui lui vaut d'être qualifié de « fasciste » par Desproges, plus sincère qu'il n'y paraît, et manquerait de provoquer un échange d'« amabilités » musclées et acérées

« De quoi t'est-ce qu'on accuse-t-on mon client... »

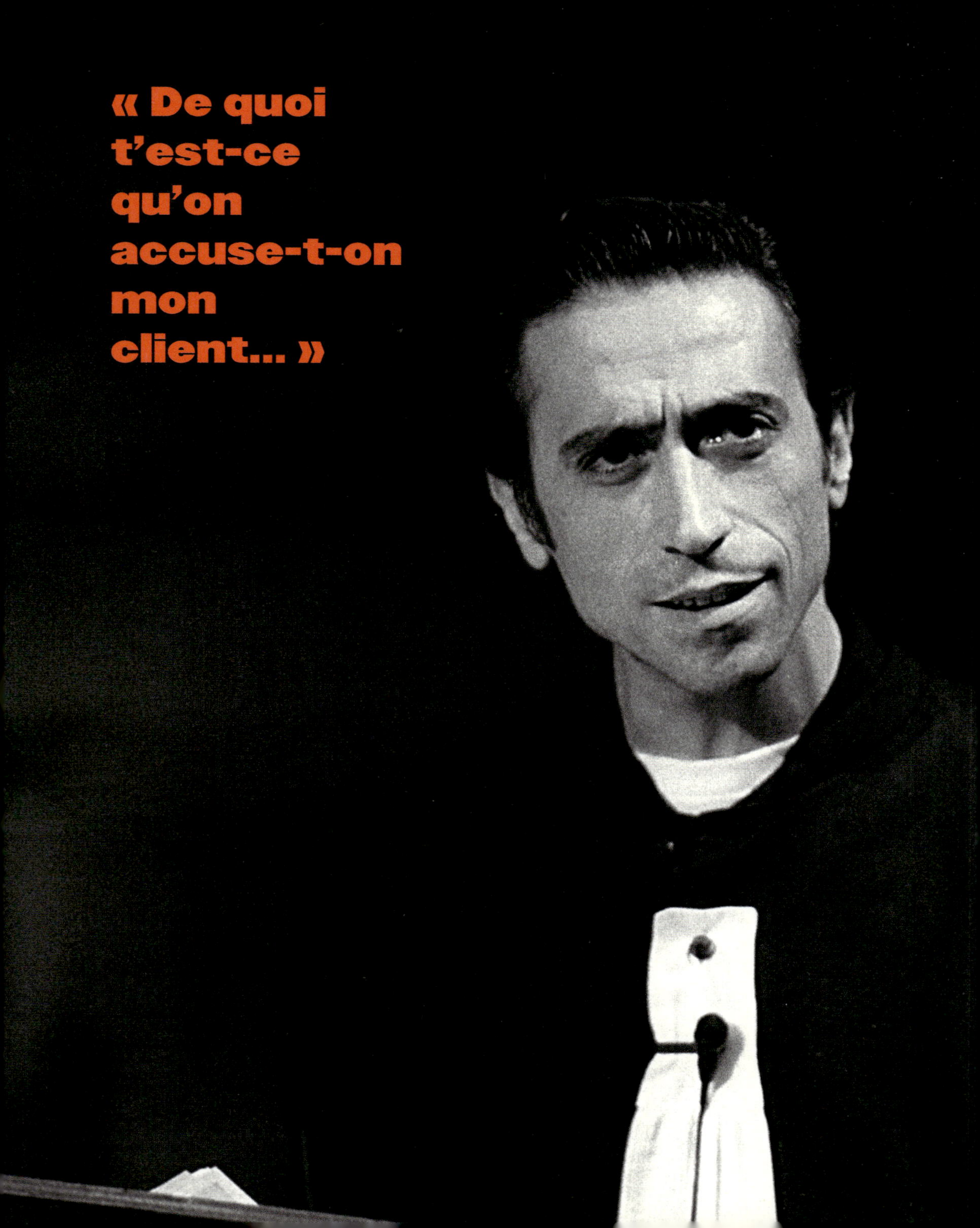

sans une habile culbute rigolarde de Regg Condamné par le jury, Jean-Edern Hallier se fait pardonner en (se) ramassant un couplet et un refrain des « Feuilles mortes » de Jacques Prévert. Cavanna, David McNeil, l'écrivain René Fallet, auteur du roman *Le beaujolais nouveau est arrivé* (qui chante « Maréchal nous voilà ! »), Juliette Gréco, habituée aux textes les plus élégamment poétiques, qui entraîne l'assistance, au début quelque peu surprise mais vite hilare (nous aussi), dans le surprenant « Bécassine, c'est ma cousine » de l'inoubliable Chantal Goya ! Roland Topor, Roger Hanin (« Le barbier de Belleville », de Serge Reggiani), le clown Zavatta, Yves Boisset, Philippe Val (!) se présentant alors comme « auteur compositeur interprète » (partenaire de Patrick Font), Francis Lemarque, Jacques Chazot, Manu Dibango, Erik Orsenna, Francis Cabrel (chantant « Eleanor Rigby » des Beatles), Robert Charlebois, Pierre Vassiliu, Serge July, directeur de *Libération*, entonnant une chanson antimilitariste, Dick Rivers, Frédéric Mitterrand (à l'époque exploitant ses salles de cinéma Olympic à Paris), nous révélant son programme s'il était ministre de la Culture dans l'émission diffusée le 14 mai 1981 – c'est-à-dire trois jours après l'élection de son oncle ! (il chante « J'attendrai », succès avant guerre de Rina Ketty) –, Bernard Kouchner, ardent défenseur des ONG prônant l'interventionnisme humanitaire et pourfendant la « timidité » du ministère

des Affaires étrangères étouffé par les « lobbies » de notre complexe militaro-industriel et qui, une semaine auparavant, a choisi « L'hirondelle du faubourg ».
Prémonitions ? La vérité est que ces deux dernières « audiences » avaient été enregistrées avant le bouleversement électoral du 10 mai et que ces deux personnalités n'œuvraient pas encore dans le champ politique. Kouchner s'éloignait à peine du charity-business (il était l'un des créateurs de Médecins du monde, de Médecins sans frontières et autres ONG).
Quoi qu'il en soit, l'avènement de la gauche au pouvoir n'eut guère d'influence sur notre « sérénité judiciaire ». Mis à part quelques piques acérées de notre procureur et un nouveau surnom pour Luis Rego que Pierre Desproges appelait désormais « l'avocat le plus bas d'Inter », après la nomination de Robert Badinter comme ministre de la Justice du gouvernement. Depuis le début, Pierre et Luis avaient chacun leur « marque de fabrique » pour commencer leurs réquisitoires et plaidoiries, debout à leur place. Pour l'un, c'était « Français, Françaises, Belges, Belges, monsieur le président mon chien, public chéri mon amour… ». Pour l'autre : « De quoi t'est-ce qu'on accuse-t-on mon client… » Et c'était parti pour leurs interventions émaillées des « pires » plaisanteries. Pierre

n'hésitait pas à évoquer « ce qui battait sous la robe austère de la Justice » et Luis à évoquer la vie dissolue du prévenu. Quelques tintements de ma clochette, agrémentés d'un « monsieur le procureur... » ou d'un « maître... » faussement outré, leur permettaient de reprendre le fil de la « diatribe ».

La tête du publicitaire Jacques Séguéla lorsque Desproges attaque par un sonore :

«... La question, monsieur le président, est : Jacques Séguéla est-il ou non un con ?... »

Pendant un moment, j'ai bien cru qu'il allait se lever et partir, mais non, il n'est parti que d'un éclat de rire. Au cours de nos audiences, nul invité – même le plus susceptible – n'a quitté le box, malgré l'absence de service d'ordre : le brigadier Rabol était trop occupé à hoqueter derrière son piano.

Coluche tient une place à part dans l'historique du « Tribunal des flagrants délires ». Tout d'abord, en tant qu'habitué de nos rendez-vous (parfois en simple témoin) et surtout pour être venu – en compagnie de Guy Bedos et du Professeur Choron – quelques jours après les élections nous raconter sa propre candidature (avortée) et les

répercussions de « l'effet Coluche[1] » sur le monde politique, les élections et ses chers confrères. Ses démêlés avec la police, le fisc, les pressions, les menaces... mais aussi, cinq ans avant son tragique accident à Oppio, sa fascination pour la vitesse ! Les échanges souvent aigres-doux sur son initiative présidentielle, entre lui et Bedos, valent leur pesant de cacahuètes et font pendant à l'éloge démesuré de Choron qui n'hésite pas, lui, à révéler son intention de « prendre le maquis pour aider Coluche à prendre le pouvoir en France... ».

20 mai 1981 : un témoignage en chanson du Professeur Choron. Page ci-contre : Coluche et Rego, Coluche et son juge, Coluche et Guy Bedos.

Le Tribunal tira sa première révérence à la fin du mois de mai 1981. L'écrivaine Geneviève Dormann et le chanteur Rachid Bahri témoignèrent pour le grand journaliste Lucien Bodard ; le restaurateur étoilé Gérard Vié tenta, vainement, de corrompre la cour avec un panier de charcutailles, de légumes et de fruits frais et finit par chanter « Le tord-boyaux » de Pierre Perret ; puis ce furent Philippe Chatel, Yves Duteil et Bruno Garcin ; un autre grand journaliste, Yves Courrière, avec son confrère Max-Olivier Lacamp et le chanteur Denis Wetterwald. Et enfin Sean McBride, le président et fondateur d'Amnesty International, conclut la saison.
À nous des vacances bien méritées.

1. Coluche, un temps avant la consultation, avait décidé de se présenter au suffrage universel. Puis, il s'était désisté. Le 10 mai, il sera à la Bastille pour célébrer la victoire de François Mitterrand. Ce qui lui vaudra un tabassage en règle, par des nervis d'extrême droite.

L'effet COLUCHE...

FRA
inte
ES FLAGRANTS DELIRES

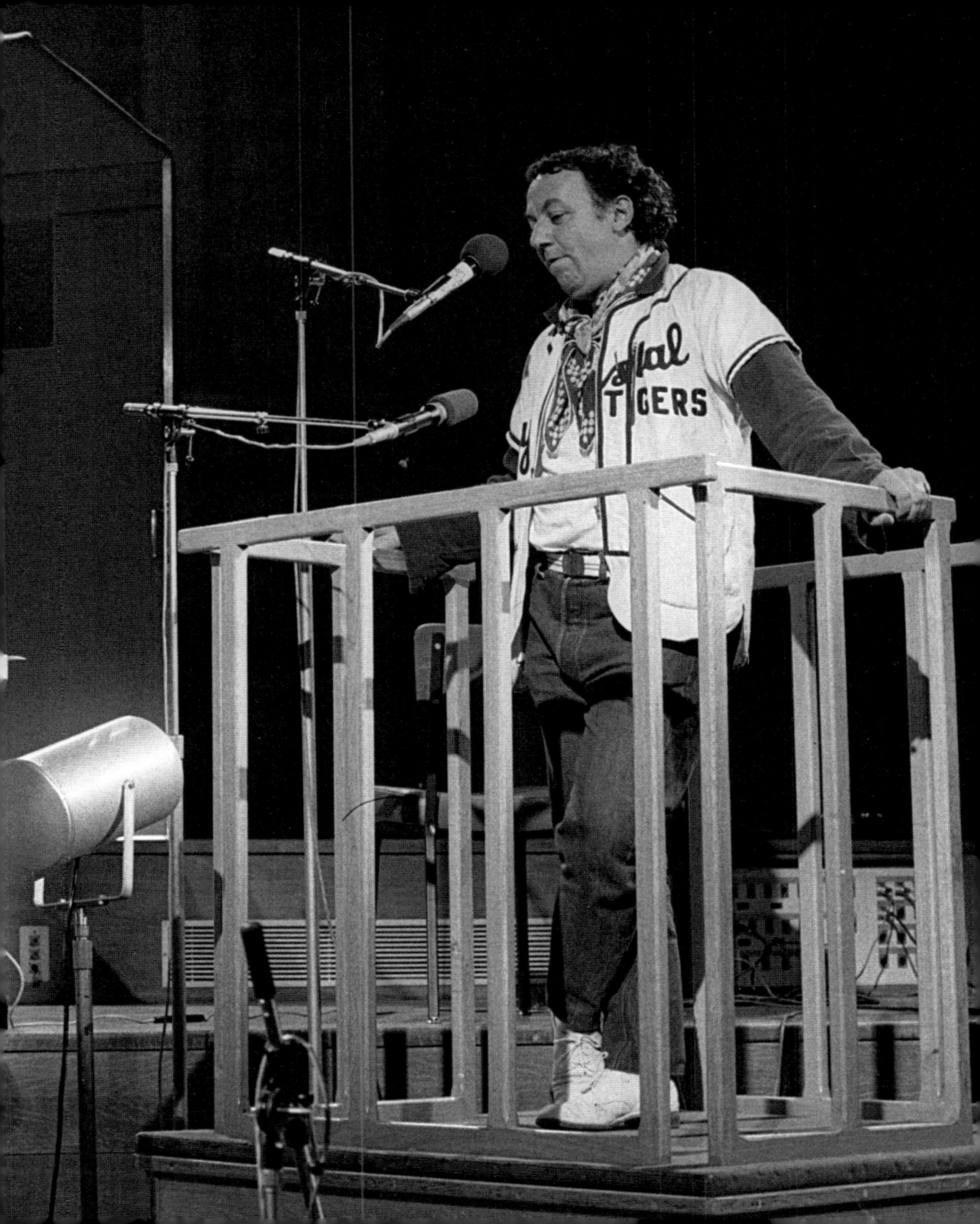

Le grand soir

LE Tribunal ne reprit pas à la rentrée. En effet, fin mai, un matin, je reçois un appel d'un vieux copain qui m'annonce tout de go qu'il vient d'être nommé à la direction générale de RMC[1] et me propose de venir le rejoindre en tant que directeur de l'antenne. Dans les années 1960, Jean-Claude Héberlé était au bureau de l'ORTF de Washington alors que j'occupais celui de New York. Ensemble, nous avons vécu la « révolution » de 1968. Par solidarité avec nos confrères grévistes en France, tout le personnel (sauf une personne sur la quinzaine de salariés !) occupait les locaux de Manhattan, à plus de 6 000 kilomètres de Paris. Est-il besoin de préciser qu'aucun CRS ne fit le déplacement pour nous déloger ? Quant à la police locale... C'était plutôt bon enfant et plus symbolique qu'autre chose. Mais notre présence régulière assurait, comme disent les syndicats, « la sauvegarde de l'outil de travail » durant l'inactivité de l'entreprise[2].

Pendant la nôtre (d'inactivité), nous envisagions avec optimisme ce que serait le matin du grand soir à venir, illico presto. Pas de doute, tous ces vieux cons qui encombraient et paralysaient le métier allaient disparaître avec leurs idées étroites et mesquines, balayés par notre ardeur novatrice,

1. Alors faussement privée puisque l'actionnaire principal était l'État français sous couvert de la SOFIRAD, la Principauté ne possédant qu'une infime partie (environ 10 %).

2. Cette grève cessa début juin 1968 avec l'annonce de l'assassinat à Los Angeles du candidat à l'investiture démocrate, Robert Kennedy. Difficile pour des journalistes d'ignorer un tel événement !

notre liberté de ton et d'action enfin en phase avec notre totale indépendance. « Gare aux yeux, c'est nous que v'là ! »
Et à ce moment, nous ferions la radio dont nous rêvions.
Treize ans plus tard, en ce mois de mai 1981, l'espoir était arrivé à maturité. Il suffisait de dire « oui ». Comment refuser tout au moins d'essayer ?
« Ouais, mais pas comme directeur. C'est pas mon truc… un peu trop loin du terrain…
– D'accord, je comprends. Alors viens au moins en tant que conseiller… Conseiller pour l'information et les programmes. Tu vas voir, on va tout changer… »

Hélas, il y a loin de la coupe aux rêves.
J'avais un contrat d'un an. Au bout de trois/quatre mois, je compris que rien ne changerait. Je serais bien parti, mais comment payer le dédit ? Malgré mes conseils de « conseiller », mon corévolutionnaire n'en faisait qu'à sa tête et loin, très loin, de nos songes sans doute utopiques. Un jour, j'ai claqué la porte d'une réunion des cadres de la station, après que le patron omniscient avait décidé de mettre à l'antenne un jeu stupide, sorte de roulette radiophonique. Il suffisait pour les auditeurs d'envoyer un numéro. Si la chance leur souriait, ils gagnaient une belle somme en guise de lot. À tous les coups on gagne ! Aucune vérification. Dans ma tête, c'était ce qui s'appelle « acheter le client ». Le tout animé par une ex-gloire de la télévision, au temps du muet !
Là, c'en était trop et tandis qu'une petite cour s'extasiait devant l'excellente trouvaille de « M. le directeur », si apte à

1982

saisir…, je suis parti bouder dans le jardin. Plus tard, nous nous sommes expliqués sur l'abandon de mon titre ronflant en échange de mon retour au reportage et au récit à l'antenne, pour ce qui me restait de temps à accomplir avec lui. Dans la foulée, je lui proposai un reportage sur le tour des États-Unis en train, ce qui donna un mois plus tard une série quotidienne baptisée « Vent du Désert » : « Le Vent du Désert, c'est le nom d'un train… »
Depuis quelque temps déjà, la nouvelle Pédégère de Radio France, Michèle Cotta, consciente de mes difficultés à poursuivre, me relançait régulièrement en m'invitant à rentrer au bercail :
« C'est votre maison… Revenez… »
Un autre ancien de New York, Jean-Pierre Farkas (mais lui pour RTL à l'époque), devenu directeur de France Inter, insistait à sa manière, évoquant nos souvenirs communs. De plus, mon ancien complice de « Pas de panique » et de « Viva », Patrice Blanc-Francard, son adjoint, multipliait les invitations à déjeuner. Que voulez-vous, quand on connaît mes points faibles…

À la rentrée de septembre 1982, le « Tribunal des flagrants délires » retrouva donc sa place quotidienne sur les ondes, cette fois-ci sur une plus longue durée. De 11 heures à 12 h 45, jusqu'au « Jeu des mille francs » alors présenté par Lucien Jeunesse. Une heure et quarante-cinq minutes. Cela nécessitait quelques aménagements. Et tout d'abord un intervenant inconnu encore, le docteur Folie[3], « expert psychiatre en tout… », chargé de témoigner en dressant un

3. Jeanne Folly, de son vrai nom, journaliste au quotidien *Libération*.

portrait psychologique de l'accusé après les vingt minutes d'interrogatoire de la première partie, sans oublier les témoins habituels et leurs chansons. Après le bulletin d'information de midi, nous passions au réquisitoire du procureur, puis à la plaidoirie de l'avocat. La dernière note d'une nouvelle chanson de l'un des témoins annonçait le verdict imminent du jury et, en fonction de celui-ci, je prononçais la sentence : l'accusé exécutait ou s'exécutait, accompagné par le brigadier Rabol, promu brigadier-chef.
Monique Desbarbat, que j'avais fait venir à RMC, était toujours sous contrat dans la Principauté : elle fut remplacée à la réalisation par son ancien assistant, Serge Christophel. Pierre Desproges, en revanche, entraîné également sur les bords de la Méditerranée afin de succéder à Denise Fabre et Julio Iglesias, n'avait pas eu ma patience. Outré par l'interventionnisme des vertueux représentants monégasques dès qu'il abordait un sujet clérical sensible (le catholicisme est religion d'État à Monaco), il s'était enfui après quelques mois seulement. Il faut dire que son duo avec Valérie Mairesse n'entretenait que de très lointains rapports avec celui, à l'eau de rose, de leurs prédécesseurs. Pourtant, son émission « Si c'est pour la culture, on a déjà donné... » apportait un véritable changement à cette antenne particulièrement désuète et conservatrice ! Mais d'après certains, les tenants du statu quo, qui n'écoutent jamais et ne font qu'entendre, « notre » public n'était pas en mesure de « comprendre de tels changements radicaux ». Traduit en « politiquement correct », cela signifie : « Nos auditeurs sont trop cons pour apprécier... Moi encore, ça va, mais eux, pas du tout[4]... » Et la radio n'est pas le seul

4. Par la suite, RMC a été privatisée et a changé complètement de formule.

domaine où s'applique cette certitude de nos « élites ». Enfin élite… ce sont eux qui le disent.

Et Luis Rego ? Il avait pris un congé cinéma pour tourner divers films (entre autres avec l'ami Coluche), tandis que Georges Rabol s'était isolé afin de mieux composer de savantes mélodies afro-américaines – très beau disque à ce sujet –, se consacrant également à la direction d'orchestre ainsi qu'à sa passion, qu'il a su me faire partager, pour Scott Joplin, remarquable pianiste de bordel créateur du « ragtime » à la fin du XIXe siècle et auteur méprisé dans son pays (car noir de peau) – mais joué en son temps à l'Opéra de Paris – d'une superbe pièce, *Treemonisha*.

Tous répondirent présents pour une nouvelle aventure.

PAUL QUILÈS

14 décembre 1982 : le député Paul Quilès qui massacra une mazurka de Chopin.

Page suivante : Le docteur Folie, experte psychiatre de la deuxième saison, entre Rego et Villers.

Le ministère public contre

…

CETTE deuxième saison attirait une foule de personnalités promises à notre « iniquité juridique » et s'annonçait sous les meilleurs auspices. L'un des premiers prévenus à venir s'asseoir sur notre « banc d'infamie », Daniel Cohn-Bendit, avait été officiellement expulsé de France, le 25 mai 1968, avec pertes et fracas, par un ministre de l'Intérieur gaulliste. Exilé en Allemagne et apatride, il était autorisé seulement depuis 1978 à effectuer de brefs séjours dans notre pays (des droits de l'homme !). Dorénavant, ce dangereux « subversif », comme on disait à l'époque de ses « méfaits », se rêvait en homme politique, d'abord comme conseiller municipal à Francfort, puis député, voire – pourquoi pas – ministre (de l'Intérieur ?) et même président de la République sous la bannière des « écologistes ». Ce qui lui valut – entre autres – une inculpation de notre tribunal « d'insulte à daltonien » puisque de Dany le Rouge, il était devenu Dany le Vert (il avait d'ailleurs reconnu les faits).

Nous étions encore très loin de son triomphe électoral de 2009, pourtant, il commence par ironiser sur son espoir de devenir élu du peuple car, révèle-t-il (en me regardant dans les yeux), le salaire est meilleur que celui d'un journaliste.

Revenant sur son expulsion de 1968, il affirme :
« Depuis que j'ai quitté la France, vraiment on s'ennuie. »
Dans sa déposition, notre psychiatre, le docteur Folie, le décrit comme un patient « névrosé ». Le témoin à charge, le chanteur Yvan Dautin, revient sur cette année 1968 si nuisible pour notre belle jeunesse et son influence sur notre belle vieillesse. Dans son réquisitoire, le procureur Pierre Desproges, qui s'entête depuis le début à le nommer « Cohn, pauvre Cohn… vous permettez que je vous appelle pauvre Cohn ? », s'acharne à en faire un « homme du passé » dépourvu de tout sens commun, ose même comparer son discours aux « déblatérations » politiques d'Yves Montand,

le traite de déchet humain, de « moumoute » de Jean-Edern Hallier bon pour l'euthanasie, d'être malfaisant, d'aliéné mental psychotique à l'automne de sa vie et propose de le réexpédier chez les Teutons.
Quant à la plaidoirie de maître Rego, elle consiste à dépeindre 1968 sous un angle idyllique, non sans conséquence pour notre avenir. À sa manière évidemment.
Le jury « populaire » les écoute attentivement et se prononce pour la non-culpabilité de l'accusé. Daniel Cohn-Bendit, afin de s'acquitter de son acquittement, chante le « tube » d'Édith Piaf, « Non, je ne regrette rien ».

Nombreux sont les hommes (et femmes) politiques qui défileront au cours de cette saison 1982-1983 : Pascal Sevran (chargé de mission auprès du ministre de la Culture, Jack Lang, en tant que Monsieur Chanson), mais aussi Huguette Bouchardeau (Rego abordera à son sujet le sort enviable des femmes de ménage), Brice Lalonde, Paul Quilès (que j'aurais pu inculper pour son interprétation au piano d'une mazurka de Chopin… un massacre !), Alain Krivine, l'ex-dirigeant OAS Pierre Sergent, Arlette Laguiller, Roland Leroy, Lucien Bitterlin, Gisèle Halimi, mais surtout le leader d'extrême droite Jean-Marie Le Pen, dès notre deuxième semaine, en septembre 1982. Même si, à l'époque, Le Pen n'avait pas

14 septembre 1982 :
Cohn-Bendit, non coupable.

encore conquis toute sa renommée, il n'en était pas moins déjà doté d'une réputation, disons sulfureuse. Quand je proposai son nom à l'équipe, il y eut des réticences. Si bien que je suggérai un vote interne. L'un des plus opposés à sa venue ne fut autre que Pierre Desproges. Toutefois, il accepta la décision de la majorité.

L'après-midi de la comparution, sans savoir qui serait là, Claude Berri, qui désirait faire un film sur un sujet judiciaire avec un Coluche souffre-douleur éternel, planta ses caméras vidéo dans notre studio. Le réalisateur Michel Hermant s'était rodé en braquant ses cinq caméras sur notre premier invité, Patrick Poivre d'Arvor.

Chaque « accusé » avait droit à une dizaine de sièges réservés à ses proches. Les amis de Le Pen en désiraient plus. De quoi carrément constituer une salle de militants à leur guise. Bien évidemment, il n'en fut absolument pas question. La discussion fut corsée mais le « chef » accepta tandis que le prétoire – bondé – tapait des pieds afin que la « fête » commence.

Sauf que nous n'étions pas en mesure d'obtempérer. En effet, dans la loge, j'avais remarqué certaines bosses déformant les vestes sous les aisselles de quelques-uns des malabars l'escortant. Je décelai même dans le mouvement furtif d'un pan de vêtement l'acier d'une crosse de pistolet.

Alors, prenant un ton le plus ferme possible, je déclarai :
« En tant que magistrat – même d'opérette –, je vous rappelle que seuls les agents de la force publique peuvent être armés dans l'enceinte d'un tribunal. Or, étant donné votre position, je pense qu'au moins deux policiers des Renseignements généraux assistent à l'enregistrement, de même que des agents de sécurité de la Maison de la Radio veillant à la tranquillité des lieux. Je n'ouvrirai pas la séance tant que ces messieurs ne remettront pas leurs armes au chef de ce service, ici présent », et je désignai le patron de nos vigiles, « elles leur seront rendues à votre départ. »
Après les palabres de rigueur, dans le vacarme infernal provenant du studio impatient, l'ancien lieutenant-colonel de gendarmerie en charge de notre sécurité empocha les joujoux interdits.
Déjà, l'huissier aboyait nos noms et fonctions tandis que nous gagnions nos places, dans une ambiance survoltée, calmée par les tintements répétés de ma clochette.
« L'audience est ouverte... Huissier, appelez...
– Le ministère public contre... »
Tout au long de la séance, le dirigeant du Front national se prête de fort bonne grâce à l'exercice, souriant, répondant à chaque question (elles sont loin d'être complaisantes), se laissant interrompre par les saillies des uns et des autres, en riant même souvent. Au premier rang de notre « prétoire » est assise la famille Le Pen. Ses trois filles (dont Marine) et leur mère[1]. Une brochette de beautés blondes avenantes dont la présence suscite un échange de courrier entre le procureur et moi-même – des petits papiers laudateurs ou

1. Qui, plus tard, divorcera après une série de photos dénudées dans le magazine *Lui* et le scandale qui s'ensuivit.

Jean-Marie LE PEN

Il sera si hilare durant la plaidoirie qu'il en perdra son œil de verre ...

interrogateurs (au dixième degré !) circulant grâce à un huissier (Henri-Marc Mutel) empressé et complice.
Jean-Marie Le Pen lui-même n'est pas en manque de compliments. Il n'hésite pas à me remercier de l'accueillir aussi longuement sur une antenne : on l'ignorerait un peu trop, selon lui, depuis l'arrivée de la gauche en 1981. Dire cela, l'œil rigolard, à celui qui, le 10, présentait la fête de la Bastille, n'est pas sans relever de l'ironie courtoise. Ou alors je m'en voudrais beaucoup !
Pierre Desproges, fidèle à sa position lors des débats internes précédant cette séance, débute son réquisitoire par cette fameuse phrase – reprise très souvent par des malotrus oubliant de le citer :
« La question n'est pas de savoir si l'on peut rire de tout, mais avec qui ! »
Après avoir développé ce thème, digne d'une thèse de philo, il enchaîne sur une aventure survenue il y a peu dans un taxi, à propos du racisme dit « ordinaire » (hélas) de ceux qui se trompent de colère, avant de conclure par cette pensée, lourde de menaces, de Luis Rego lors d'une émission précédente :

« ... À l'heure où je vous parle, il y a de plus en plus d'étrangers dans le monde... »

Notre maître du barreau, quant à lui, engoncé dans sa trop large robe noire ornée d'une étoile de shérif (à six branches !), débute par un tonitruant hymne à la « journée d'un fasciste[2] » et s'étonne qu'on mêle l'extrême droite au fascisme :

2. Écrit avec la complicité d'un de ses auteurs favoris, Michel Ehlers (les autres étant Azertyuiop et Jackie Berroyer).

«… Si on n'a plus le droit d'être fasciste sans être d'extrême droite… »
Suivi d'un impeccable salut nazi, bras tendu vers son « client ». Plus tard, ce dernier trouvera étrange d'être défendu par un tel « avocat soviétique » !
Pas une fois, Le Pen ne dira sa colère d'être ainsi traité. Il sera même si hilare durant la plaidoirie qu'il en perdra son œil de verre «… dans lequel on lit plus d'humanité… », commentera Pierre. Le jury le déclarera coupable et il exécutera sa peine (et la nôtre) en chantant (mal) la chanson d'Édith Piaf « Pavillon noir ». Il suffit de voir l'air affolé du brigadier Rabol tentant de suivre son rythme débridé pour prendre la mesure de la catastrophe. Jamais il ne s'est opposé à la diffusion et rediffusion de l'enregistrement audio et vidéo.
Plus tard, alors que j'attends, seul, un taxi à l'aéroport d'Orly, un homme élégamment vêtu qui n'est autre que le chauffeur de Le Pen m'aborde pour me proposer : « M. Le Pen, dans sa voiture, peut vous raccompagner à Paris… » Lâchement, je lui réponds : « Non, car j'ai rendez-vous avec un ami… » Merci quand même !
Une autre remarquable plaidoirie de maître Rego eut lieu au mois d'octobre, lors du procès de Jean Yanne (qui venait de tourner son film *Deux heures moins le quart avant Jésus-Christ*) : Luis endosse ce jour-là le rôle de l'« imprésario » du Christ, une sorte de Monsieur Ramirez de Notre Seigneur à l'accent incertain du Moyen-Orient, grigou, vénal, égoïste…

Épargné par les effets pervers de la promotion, le Tribunal n'a pas besoin d'une « actualité » pour choisir ses invités. Le

premier, en ce début d'automne 1982, de notre longue tournée (trois semaines) à travers la France, Guy Bedos, me promet d'essayer de nouveaux sketches à Grenoble.
Après l'interrogatoire d'identité habituel (nom ? prénom ? âge ? qualités ?), ce soir-là, au Théâtre de la Ville (archibourré), je lui demande de prouver sa profession de comique.
Descendu de son box, il s'avance sur le devant de la scène et attaque :
«... Dieu... Dieu... »
À ce moment-là, venue du paradis (le troisième balcon), une voix lui répond :
«... Oui... Qu'est-ce que tu veux ? »
Complètement déstabilisé par cette interruption, Bedos se retourne vers nous, désespéré et... muet.
Avec vigueur, je joue de ma clochette et rappelle qu'il ne s'agit pas d'une « vraie » prière mais d'un numéro – inédit – de l'artiste. Je réclame le silence du gêneur et recommence :
« Qualité ?
— Artiste comique.
– Prouvez-le. »
Re-chemin vers l'emplacement choisi.
« Dieu... Dieu... »
Et rebelote :
« Oui, je t'écoute, mon petit gars... »
Re-clochette sous les rires de la salle en joie. Bedos commence à bouillir. Je le connais bien et le sais irascible, j'ai peur qu'il parte, furieux. Déjà qu'il est difficile de tenter un tout nouveau texte, mais en plus avec les exclamations déchaînées du public... C'est en trop.

Drelin, drelin… Je fais signe au réalisateur d'interrompre l'enregistrement et, pour détendre l'atmosphère, je m'exclame sur fond de clochette :
« Silence… silence… ou je fais évacuer la salle ! »
Menace absurde bien sûr. Se priver de plus de mille personnes pour une émission publique ! C'est une explosion d'hilarité générale et même Bedos sourit d'une telle éventualité. Puis je descends de mon perchoir et m'adresse aux spectateurs : « Écoutez-moi bien, les magnétophones ne tournent plus… Guy Bedos a l'extrême gentillesse de créer, ce soir, un nouveau sketch, en avant-première de son prochain spectacle… Comprenez que, s'il est sans cesse interrompu, il nous sera impossible de continuer ce pour quoi nous sommes venus… Je vous en prie, que ceux qui se trouvent aux côtés du perturbateur n'hésitent pas à le balancer par-dessus la rambarde et qu'on en finisse… Amen… »
Sous les rires et les applaudissements, je regagne mon siège de président et pendant ce temps j'entends les « Tais-toi… Ta gueule… Ferme-la… » de la foule en colère. On reprend. Cette fois, c'est la bonne, l'autre ne moufte pas. Je crois que

Guy n'aurait pas hésité à grimper pour le massacrer. Tout, ensuite, se déroule parfaitement. Un triomphe pour « l'artiste comique ».

Mais…

À la sortie du théâtre, une foule considérable l'attend pour lui faire signer des autographes. Avec lui, nous devons aller dîner dans une brasserie non loin, invités par notre directeur, Jean-Pierre Farkas, présent ce soir-là. Nous avançons pas à pas mais sûrement vers notre pitance quand, soudain, surgit un jeune homme qui lance à Bedos :

« Alors… C'était bien notre numéro, non ?… »

Bedos, l'air hagard, se retourne en un éclair, lâchant stylo et photos… Je pense qu'il va sauter à la gorge de l'innocent. Avec le dirlo, aussi massif (ou presque… pardon, Jean-Pierre) que moi, on s'interpose et, avec l'aide du réalisateur, d'assistants et de techniciens, le prétendu complice disparaît subitement du champ de vision du pugiliste en puissance. Nous finirons la soirée en paix… Café, pousse-café, l'addition pour le patron.

À vrai dire, cette paix ne profite pas à toute l'équipe. Certains ne nous accompagnent pas et se contentent du room-service de l'hôtel où à présent, tandis que nous nous goinfrons, réalisateur et monteuse jouent des ciseaux et du scotch (euh … Òadhésif !). En octobre 1982, nous sommes encore loin du numérique ! Durant cette tournée (comme dans les suivantes) l'émission enregistrée le soir doit être montée la nuit afin d'être diffusée le lendemain à l'heure habituelle depuis un relais PTT – comme on disait alors – prévu à cet effet.

Un long voyage *immobile*

...

Notre rythme quotidien est particulièrement harassant, avec des étapes parfois fort éloignées l'une de l'autre. Pour notre repos, l'administration a passé un accord avec une grande chaîne d'hôtels au confort normalisé, uniformisé. Partout, le même bloc de béton impersonnel, aux chambres toutes identiques : lit, tables de nuit, lampes, téléphone, couvertures, carpettes, sanitaires, serviettes, jusqu'aux lithographies toutes disposées au même endroit, de la même manière. Si bien qu'en quittant l'une pour la suivante, on croit être revenu à la précédente. Débilitant. Un moyen, peut-être, d'effectuer un long voyage immobile.

Toutefois, je dois reconnaître qu'à la seule et unique étape où cette chaîne n'était pas représentée, nous nous sommes retrouvés dans un « motel » en bord d'autoroute, avec le prétendu luxe d'un air conditionné qui évitait surtout aux clients d'ouvrir les fenêtres et d'encaisser l'avalanche de décibels au-dehors.

« Hélas, nous avertit la gérante, vous tombez mal, la clim est en panne et je n'ai pas la clef pour ouvrir les fenêtres… Remarquez, c'est peut-être mieux, avec ce bruit infernal. Ah oui ! On n'a pas encore pu insonoriser… Sans compter les gaz d'échappement ! »

Sur le moment, dans l'après-midi, avant de nous rendre au théâtre pour la mise en place et les réglages techniques, nous ne nous sommes pas trop souciés de ce « détail ». Au cours de la soirée, nous dînons au restaurant (sauf... nos forçats du montage) et, au retour, justement, ces derniers campent dans le hall, installés sur un amoncellement de caisses, suant et pestant :
« Ouais, là-haut, c'est intenable ! Quand on va rentrer, il va m'entendre, le Polio...
– Allez, t'es fatigué... t'énerve pas... »
Deux heures plus tard, épuisé de n'avoir pas pu fermer l'œil, chacun jette ses bagages et le matériel dans les coffres des véhicules, bien décidé à gagner au plus vite la prochaine escale et à s'accorder les miettes restantes d'une vraie fin de nuit dans la quiétude et le confort aseptisé d'un nouvel abri standardisé sur lequel nul ne trouvera plus à médire !

Au long de ce parcours en méandres à travers nos provinces, nous avons croisé, dans l'intérêt suprême de la Justice, quelques-uns des plus grands « criminels » de notre pays : le coureur automobile (à l'époque) Alain Prost, le Monsieur Météo France d'Inter qui venait juste de prendre sa retraite d'ingénieur prévisionniste, René Chaboud (une star de l'antenne), le chef cuisinier Pierre Troisgros qui ne manqua pas de célébrer sa ville en nous régalant d'un air du folklore local « Les boulistes roannais », Michel Galabru, Roger Coggio, Herbert Léonard, Anne Sylvestre, Alan Stivell à Vannes, Georges Chelon, Pierre Vassiliu, Jean-Marc Thibault à Saint-Brieuc, le dessinateur Albert Uderzo (créateur avec feu René Goscinny du personnage d'Astérix entre autres), toujours en Bretagne bien sûr, Charles Dumont je ne sais plus à quel endroit, François de Closets, Bernard Langlois (juste viré du journal télévisé d'A2 pour crime de lèse-princesse de Monaco)...

Les journaleux, on ne les loupait jamais. Ils furent nombreux à comparaître devant nous, ces engeances du diable, ces gibiers de potence, par la faute de qui arrivent tous nos malheurs et qui ne donnent d'ailleurs que de mauvaises nouvelles (si l'on en croit les maîtres du pouvoir, de quelque bord qu'ils soient).

Léon Zitrone, par exemple, pratiquant à loisir l'autodérision et non dépourvu d'humour, contrairement à ce que certains prétendent. Léon, je l'avais connu dans les années 1960 lors du gala d'ouverture (en smoking) du Cinérama, avenue de Wagram à Paris, l'un de mes premiers directs pour le « Pop Club », et il avait su calmer mes angoisses de petit reporter. Vingt ans plus tard, je lui demanderai de commenter pour la télévision (dans l'émission « Pirates » sur TF1, pas encore bétonnée) ses propres obsèques « nationales » au Panthéon. Une anticipation où il se donnera à fond avec toute sa verve.

Yves Mourousi aussi, Martine Allain-Regnault, Jean-Claude Bourret, Jean-Marc Reiser, Maurice Siegel, Alain Gillot-Pétré, François Cavanna, Jean-François Kahn, Siné, Alain Ayache, Michel Polac, Pierre Dumayet, Claire Bretécher, René Pétillon, Bernard-Henri Lévy, Philippe Sollers, Laurent Broomhead, Bertrand Poirot-Delpech, Frédéric Pottecher, Jean-François Bizot, Henri Amouroux, Michel Denisot, Olivier Todd, Roger Couderc, Dominique Jamet, Philippe Couderc, Robert

Chapatte, Henri Gault (de Gault et Millau), Michel Drucker, Claude Sérillon, Pierre Bouteiller, Pierre Salinger, Noël Mamère (alors présentateur du JT d'A2), Jean-Marie Cavada, un autre ancien petit reporter de l'ORTF avec lequel j'avais partagé les premiers coups de feu de la guerre civile en Ulster, à Londonderry, au début des années 1970, Claude Angeli (directeur du *Canard enchaîné*), André Halimi et bien sûr Jean-Edern Hallier. Ouf ! Et encore, je ne les cite pas tous, mais quelle salle de rédaction quand même !

N'allez pas croire à un corporatisme de mauvais aloi[1], la liste serait aussi fournie avec d'autres professions.

Nous n'avions aucun préjugé envers le prévenu.

Disons que nous pouvions marquer plus ou moins de sympathie, voire d'indulgence, pour tel ou tel… exactement comme dans un vrai tribunal. Enfin, c'est vrai que nous avions nos têtes. Nous invitions X… ou Y…, que nous savions être simples, naturels ou antipathiques. Et pour ces derniers la partie était sévère : sans nous concerter, pièges, chausse-trapes, rudoiements se multipliaient dès l'installation dans le box, sous les applaudissements du public.

Celui ou celle qui s'asseyait avec un peu trop de décontraction, satisfait de son accueil, se voyait aussitôt rappelé à l'ordre. Coup de clochette et accent sévère du président :

« Vous vous assiérez quand je vous le dirai… »

Aussitôt, il reprenait la station debout. À peine sur ses pieds, re-coup de sonnette et – *what else ?* – je lui lançais :

« Vous pouvez vous asseoir… »

Puis, dès que l'huissier avait terminé l'énumération des membres du jury (trois minutes au plus), j'agitais à nouveau

1. Certains d'ailleurs, aux chevilles – que ne voient pas les téléspectateurs – un peu trop enflées, ne manquèrent pas de se faire sévèrement étriller par les iconoclastes de service !

mon instrument de musique préféré en ordonnant :
« Accusé, levez-vous… »
Ce à quoi il obtempérait durant la lecture de l'acte d'accusation, s'achevant bien sûr par le rituel :
« Vous reconnaissez les faits ? »
S'il répondait par un simple « Oui » ou « Non », c'était :
« Oui qui ? Oui, mon chien[2] ?
– Oui, monsieur le président…
– J'aime mieux cela… Vous pouvez vous rasseoir… »
Rires dans la salle.
Croyez-moi, je ne suis pas sadique, et cette façon de faire n'est pas de mon invention. De nombreux magistrats authentiques procèdent de cette manière pour vaincre toute velléité de défi du prévenu. Je m'en suis rendu compte lors de ma fréquentation professionnelle des prétoires. Un autre « truc » du métier pour établir son autorité auprès d'un témoin par trop insouciant dans sa déposition est de l'empêcher de lire un texte ou de s'appuyer à la barre.
Un jour, un témoin commence à m'insupporter, faisant traîner ses mots, ne finissant pas ses phrases, demeurant silencieux un peu trop longtemps. Lorsqu'il se saisit de la barre et commence à se balancer d'avant en arrière en y prenant appui, je le somme de la lâcher. Là, il s'écroule, s'étale de tout son long et… ne bouge plus. Un « Oh ! » fuse du public et je vois soudain les deux pompiers de service dévaler les marches des gradins, se précipiter sur le corps étendu, inanimé. L'un d'eux se relève, le talkie-walkie à l'oreille. Deux minutes plus tard surgissent des coulisses deux de leurs collègues, avec une civière, qui évacuent d'urgence l'homme toujours évanoui.

2 **D'où le « Monsieur le président mon chien… » de Pierre Desproges.**

LE TRIBUNAL DES

LAGRANTS DELIRES

« Coma diabétique – me souffle en passant l'un des secouristes –, on l'emmène à l'hosto avec l'ambulance… »
Là, c'est moi qui me retrouve sans voix.
Mais le spectacle doit continuer et il nous faut reprendre. Ce n'est pas évident !
Nous avons connu d'autres formes d'incidents dans nos exercices juridico-radiophoniques. Les pièges n'étaient pas tous de notre fait. Le pire ? Lorsque nous avons reçu pendant notre première saison celui que l'on surnommait alors le « Roi de la Disco ». Un jeune musicien au rythme tout nouveau, Cerrone. Je crois que je me souviendrai toute ma vie de l'épreuve endurée ce jour-là, le cauchemar pour un interviewer.
« Nom, prénom, âge et qualité… »
Jusque-là, ça va. Mais où cela se gâte ensuite, c'est qu'à mes questions, les seules réponses que je reçois sont :
« Oui… Non… Oui… Non… »
Rien d'autre ou de longs silences. Au bout de quelques instants, nous nous regardons avec Pierre et Luis. Eux aussi tentent leur chance.
Idem :
« Oui… Non… »
C'est à désespérer. Une heure ou presque à continuer sur ce mode-là. Nous ne pouvons quand même pas faire intervenir déjà les témoins. Alors, tous les trois, nous racontons tout ce qui nous passe par la tête. Comme on dit dans le métier :
« Faut combler… »
Et ça comble, ça comble.
Nous nous lançons dans une véritable partie de ping-pong

à trois. N'importe quoi. Enfin, pas vraiment. Il s'agit quand même de ne pas trop se moquer de l'auditeur.
Quoi qu'il en soit, à l'arrivée, l'émission doit respecter la durée qui lui est impartie. De temps à autre, je lève un œil vers la pendule au-dessus de laquelle se trouve la cabine technique. À travers la vitre, je vois Monique Desbarbat écarter les bras en signe d'impuissance désolée et m'indiquer de poursuivre. Jusqu'à ce que je prenne l'initiative d'appeler le premier témoin à charge : Aldo Romano, un autre batteur – de jazz. Bien que timide, il comprend la situation et se lance dans une attaque en règle contre les « margoulins de la musique », donnant son opinion, peu amène, sur son confrère et le style qu'il tente d'imposer. Ouf ! On avance. Ça, plus une démonstration de son art à lui, avec son groupe… il est temps de passer au témoin de la défense, l'écrivain Gérard de Villiers (créateur du héros de romans d'espionnage SAS).
Lui, je le connais depuis très longtemps. J'étais à *Paris-Presse* quand il écrivait pour *France Dimanche*, hebdomadaire du même groupe de presse (Pierre Lazareff à l'époque). Agressif, vindicatif, soupe au lait, réactionnaire dans tous les sens du terme, je sais comment le provoquer et l'amener à débattre plus longuement que prévu. Surtout que Desproges, également du « bâtiment », excelle quand il s'agit de pousser à la roue. De Villiers s'emporte, rétorque, s'enflamme – d'autant plus que Cerrone est le compositeur attitré des films adaptés de ses romans. Top chrono ! L'écart se comble. Une prestation supplémentaire d'Aldo, puis vient le moment du réquisitoire et de la plaidoirie. Ça y est, nous sommes dans les temps. Le pire, c'est

Le Grand Orchestre du SPLENDID !

que le jury va déclarer Cerrone innocent des charges qui pèsent sur lui. Le salopard, je suis obligé de l'acquitter !
Cette audience restera comme l'un de mes pires souvenirs, l'un des plus épuisants.

En vérité, j'ai beau me repasser le film de ces deux années, tout s'est plutôt bien passé. Évidemment, « avec le temps », comme le chante Léo Ferré, la mémoire sait se montrer sélective. Remuer tous ces souvenirs relève d'un presque impossible. Trente ans, vous vous rendez compte, trente ans… Surtout que, sur le moment, on n'a guère le temps de s'attarder. Non, il faut fournir. Et je n'ai jamais rien noté. Cela revient comme ça. Par bribes. La grâce de l'un, la gentillesse d'un autre et puis, parfois, les tensions inhérentes à toute collaboration quotidienne. Mais là aussi les bons souvenirs l'emportent sur les mauvais. Même si l'exercice de l'autorité pour mener à bien une telle entreprise n'est pas toujours chose facile.
Je me souviens, entre autres, des prises de bec avec Luis Rego lorsque, au cours des « balances » et des essais de micro, il s'installait à la batterie abandonnée par un groupe et jouait sans discontinuer. Dans le casque, les techniciens, gênés dans leurs réglages, me hurlaient :
« Dis-lui de s'arrêter, bordel ! Pique-lui ses baguettes… Agis… Casse-lui la gueule ! »
Rien n'y faisait. Sourd à toute injonction, il continuait de taper sur ses caisses et ses cymbales, jusqu'à ce que la voix de Monique ou de Serge descende des cintres, telle celle d'un Dieu mystérieux, venue du ciel, le menaçant d'annuler

la prochaine séance s'il n'en finissait pas. Sa conscience d'artiste l'emportait et, sur un dernier accord, il consentait enfin à retourner à sa place, l'air chafouin et battant la mesure sur sa table avec son stylo.
Et puis, il y eut cette engueulade téléphonique avec Pierre Desproges, la colère la plus fantastique de ma vie, où je décidai même de le virer sur-le-champ. La dame qui vivait avec moi à l'époque m'a dit qu'elle ne m'avait jamais entendu hurler ainsi. Même cela je veux l'oublier. D'ailleurs, nous nous sommes réconciliés peu après, au mariage d'un copain. Étrange coïncidence, nous nous sommes retrouvés dans un restaurant italien comme lors de notre première rencontre. Mais, cette fois, à des tables différentes. Jusqu'à ce que l'un de nos anciens directeurs (il y en a tant !) joue les entremetteurs et nous rabiboche : « Allez, embrassez-vous ! » Pour la première (et dernière) fois de ma vie, un homme m'a embrassé sur la bouche ! Puis, après une tape dans le dos, Pierre m'a murmuré : « Pauvres cons !... au pluriel. – Con toi-même », et nous avons éclaté de rire.

faire

des « ménages »...

Le départ de Pierre ne fut pas la véritable raison de l'arrêt du « Tribunal des flagrants délires ». D'accord, ce ne fut pas facile de le remplacer. Plusieurs s'y essayèrent. Parmi eux : Eva Darlan, Azertyuiop, Serge Papagalli, Yvan Dautin... Malgré tout leur talent, il n'existait plus – ou tout au moins on ne la ressentait pas comme telle – cette complicité créée par toutes ces semaines, ces mois entre le public et Pierre.

Pourtant, le spectacle continuait.

Dans le box se succédaient les grands noms. Des gens de théâtre ou de cinéma comme Jean-Jacques Beinex, Michel Piccoli, Micheline Presle, Pierre Etaix, Jean Rochefort et Sami Frey. Des chanteurs comme Alice Dona, Julien Clerc ou Bernard Lavilliers. Des sportifs : Michel Hidalgo. Des artistes peintres : Raymond Moretti. Des écrivains : Marie Cardinal, Philippe de Saint Robert ou Gabriel Matzneff. Des éditeurs : Jean-Jacques Pauvert. Des chefs d'orchestre : Roberto Benzi. Des policiers : Henri Gévaudan, Georges Leclerc ou Jacques Bock. Des médecins : le professeur Claude Olivenstein. Des politiques et même d'authentiques magistrats : Casamayor ou François Roger (ex-président du Syndicat de la magistrature). Sans oublier le mime Marceau.

Un mime, à la radio ! Une heure quarante-cinq minutes avec un mime : ça peut faire rire. Mais ceux qui le connaissaient le savaient fort disert sur sa passion.
De toute façon, la fin de cette deuxième, ultime, saison du « Tribunal des flagrants délires » approchait.
Et notre tout dernier Tribunal (diffusé le 7 juin 1983) fut celui d'un récidiviste.
Un « vieux cheval de retour », comme disent les services de police et de justice.
Un habitué des « flags », qui depuis les origines de notre juridiction comparaissait régulièrement devant nous, alternant box des accusés et barre des témoins. En fait, un vrai fan de l'émission qui venait par plaisir même s'il n'avait rien à vendre. (Ainsi que la majorité de nos invités qui ne couraient pas le classique service après-vente – la promotion, comme on dit –, peu importe l'objet.) D'ailleurs, tout « play-back » était strictement interdit par nos soins. Chaque performance d'interprète en était vraiment une, assurée « live » avec ses musiciens ou la bienveillante assistance du brigadier Rabol.
Bernard (Lavilliers), je l'avais rencontré en 1971 lors d'une émission de télé. Il revenait alors de son long séjour brésilien. Depuis « Pas de panique », nous ne nous quittions plus. Quand il apprit que c'était la « toute dernière », il « replongea », accumula les créations, de la bourrée auvergnate (!) au boogie-woogie, et finit par un superbe classique de chant de marin, « Jean Marie de Nantes ». Témoin surprise dans ce procès : un véritable avocat, Me Jacques Vergès, s'expliquant sur son choix de défendre lors d'un (futur) procès l'ancien

SS-gestapiste Barbie (le « boucher de Lyon »), tout juste extradé d'Amérique latine !
Avec sa véhémence bien connue.
Bernard Lavilliers nous dira d'ailleurs combien il regrettera, avec la fin du Tribunal, cette aisance à passer du rire aux sujets les plus graves avant de rebasculer dans le délire le plus total.
Et quand, agitant ma clochette, je prononçai la formule rituelle de clôture, toutefois légèrement modifiée : « La séance est – définitivement – levée », le studio – environ quatre cents personnes debout – nous fit un long au revoir d'applaudissements qu'il faudra « shunter » (diminuer l'amplitude sonore) pour terminer dans les temps.

L'été s'annonçait dépaysant pour Serge Christophel et moi : un grand reportage en Polynésie, « Les Îles sous le rêve », à l'antenne en juillet-août. Nous étions déjà loin, sillonnant le Pacifique Sud en avion ou en bateau, entre les îles de la Société ou les Tuamotu. Un mois ou presque à goûter la douceur des alizés. Une véritable évasion après une année de folie à courir les studios ou les théâtres, à suer sang et eau sous ma lourde robe de pseudo-magistrat. Cela dit, pour ce qui est de la chaleur, en débarquant de l'avion à Papeete, après une escale de deux jours à Los Angeles, nous étions servis, même si nous avons vite adopté une tenue plus appropriée. Le plus drôle, c'est qu'à peine débarqués nous avons été entraînés par nos confrères de la station locale qui retransmettait tous les jours le Tribunal à l'autre bout du monde[1]. Ils nous accueillirent avec une invitation

1. **Curieuse cette expression, alors que – paraît-il – la terre est ronde.**

Quoi, une augmentation !

immédiate à dîner dans un grand hôtel où nous attendaient plusieurs personnalités du lieu, « brûlant » (c'est le mot) de nous rencontrer.
Grande tente blanche au bord de la piscine près du lagon. Présentation : Mademoiselle Untel, Madame Machin, Monsieur Truchouette. Bonsoir, bonsoir, et on me conduit à ma place, auprès d'une table où siège déjà une jeune femme très élégante, robe immaculée sur sa peau noire. Elle se lève, me tend la main en me disant : « Bonsoir monsieur le président, je suis Mme X..., procureur(e) général(e) du territoire... » Scié ! Je ne sais plus ce que j'ai balbutié avant de trinquer avec elle au champagne, à l'avenir de la (ou des ?) justice(s) de notre pays ! Tahiti, Huahine, Raiatea, Tahaa, Bora Bora (où nous avons retrouvé Paul-Émile Victor, l'homme des pôles, sur son « motu »), Rangiroa, Manihi (et ses fermes perlières sous-marines)... Nous sommes rentrés avec un luxueux matériel à monter et mixer avant d'écrire les récits de nos rencontres, de nos trouvailles, de nos coups de cœur et d'affronter l'antenne estivale.

Entre-temps, la hiérarchie avait changé à Radio France : nouveau P-DG, nouveaux directeurs. Celui de France Inter avait tout pour rassurer. Un vétéran. Un vieux de la vieille. Un vrai « pro » dont j'avais même été l'assistant à mes débuts dans cette maison. Convoqué dans son bureau, je l'entendis me demander de reprendre le « Tribunal des flagrants délires » à la rentrée.
« Je sais que tu ne veux pas faire plus de deux saisons, mais là il y a eu un an d'interruption. Ce n'est pas tout à fait

pareil... Et puis, j'ai regardé les chiffres de l'Audimat... Ça décevrait beaucoup les auditeurs... Allez, laisse-toi convaincre...

– Faut que j'en parle aux autres... »

Ils étaient tous d'accord. Mais...

« Tu vois, je crois que nous aimerions tous une légère incitation à redoubler. Tu te rends compte que, depuis le commencement de l'émission, nous n'avons jamais eu la moindre augmentation... Alors...

– Ah !... Ben ça, tu vois, je ne sais pas si c'est possible... Moi, en tout cas, je ne peux rien faire... Il faut demander à l'échelon supérieur.

– Eh bien allons-y... Je n'ai jamais vu le nouveau P-DG. Une occasion de faire connaissance. »

Le lendemain, nous avions tous les deux rendez-vous avec le Grand Manitou. Nous nous installons dans le vaste bureau, face à lui. Loin d'être un rigolo, notre nouveau général. Dans le « civil », c'est un historien réputé, petit-fils d'un sénateur compagnon de route de Léon Blum, fils d'un ministre de De Gaulle, futur ministre (ou sous-ministre) lui-même, voisin de palier dans sa résidence privée de François Mitterrand (alors président de la République). Enfin, toutes les qualités pour devenir P-DG d'un groupe de radio du service public.

La discussion s'avéra difficile :

« Quoi ! Une augmentation ! Vous n'y pensez pas, mon ami. Il faudrait d'abord la mériter.

– Mais, monsieur le président, ça va faire vingt ans que je suis dans cette maison et, d'après les derniers sondages...

– Pas question ! Alors, vous gagneriez plus que moi...

Michel Alain BARJOU

– J'ignorais qu'un haut fonctionnaire fût aussi mal payé !
– Ne soyez pas insolent ! Vous oubliez à qui vous parlez. Je vous l'ai déjà dit : faites vos preuves…
– D'accord, dans ce métier, faut toujours faire ses preuves. Mais je n'ai certainement pas envie de les faire avec vous !
– Vous voulez partir ? Soit. Après tout, vous retournerez à votre corps d'origine !
– Mais, monsieur le président, c'est ici mon corps d'origine. J'y suis entré à dix-neuf ans et demi ! »
Le directeur de France Inter n'était pas intervenu une seule fois.
Dans l'ascenseur du retour vers un monde civilisé, il m'a regardé et demandé :
« Tu vas quand même resigner ?
– Non.
– Mais tu ne vas partir comme ça ! Pour ça ? Après vingt ans dans la maison et tout ce que tu as accompli ?
– Pourquoi tu ne lui en as pas parlé ?… Allez, salut… »
Je ne l'ai jamais revu. Si, une fois, plusieurs mois plus tard, avec sa petite amie, rue d'Auteuil. Ils ont changé de trottoir pour m'éviter.

Bien sûr, j'ai rempli mon contrat pour l'été 1983 et, à la fin, j'ai vidé mon bureau, fait mes cartons et, le premier lundi de septembre, j'étais dehors. Mes confrères, mon équipe avaient bien tenté de m'en dissuader. Une conseillère du président (c'est fou, cet oubli des noms… l'âge sans doute !) a même tenté de me convaincre de rester. Trop tard. Je n'en avais plus envie.

Le Grand Orchestre du Spendid, lors de l'avant-dernière émission (6 juin 1983), a créé une nouvelle chanson spéciale, « Adieu Tribunal », reprise par tout le public jetant confettis et serpentins.

Ayant démissionné, je n'avais droit à aucune compensation.
J'ai boudé pendant cinq ans.
Heureusement, il me restait quelques amis. Le lendemain de mon départ, Jean-Marie Cavada me téléphona. En rupture de ban lui aussi avec le service public, il dirigeait une société de production un peu particulière, spécialisée dans l'« événementiel ». C'est-à-dire, entre autres, dans l'organisation de réunions entre les actionnaires d'une société, ses cadres, ses représentants, ses concessionnaires ou ses clients privilégiés : le tout sous la forme d'une représentation, d'un show spectaculaire. Cavada cherchait justement une idée pour un séminaire de banquiers à Strasbourg et la forme d'un tribunal lui paraissait judicieuse pour distraire ces messieurs aux dépens du P-DG.
Moi, je ne savais même pas que ça existait, des trucs comme ça. En argot de métier, on dit « faire des ménages ». Il m'a récité les noms de confrères qui arrondissaient de cette façon leur quotidien. Pourquoi pas ? Et c'est ainsi que le Tribunal s'est lancé dans une carrière commerciale. Ce fut pour l'équipe reconstituée une très bonne affaire durant toutes ces années loin de l'avenue Kennedy.
Dans le « box », le dirigeant, assailli de questions, se défend des accusations les plus farfelues mais toujours en liaison avec l'objet de la réunion, vantant ses produits, persuadant les sceptiques, faisant découvrir les nouveautés de sa compagnie. Un message par le rire qui ne va pas toujours de soi, surtout lorsqu'il consiste à rire de soi-même…
L'autodérision devient l'arme ultime de tous ces patrons qui subissent les foudres de notre justice plus que fantaisiste !

L'instruction du dossier est toujours aussi soignée, grâce à l'enquête menée sur le même modèle que précédemment. L'inconvenance des réquisitoires et des plaidoiries de mes anciens comparses retrouvés, écrits en toute liberté, fait qu'on frise parfois l'incident diplomatique avec certains personnages, peu habitués aux rudesses des uns et des autres.

« Là, quand même, vous y allez fort ! »

Je me souviens, entre autres, d'un réquisitoire de Desproges[2] lors du « procès » d'un industriel de la machine à laver, au Chalet du Lac du bois de Boulogne, et d'une plaidoirie de Rego « pour » la pédégère (alors en exercice) de Gaz de France à Vienne (en Autriche). Car, en ces temps bénis des frais généraux généreux, le Tribunal voyagea dans le monde entier : New York, Bangkok, Orlando, Istanbul, Acapulco, Montréal, ou à bord de paquebots de croisière[3].

L'un de nos clients les plus assidus n'était autre que le P-DG de Mattel-France (créateur des poupées Barbie). Nous avons dû voyager avec lui outre-Atlantique cinq ou six fois. Dont une accompagnés par Eddy Mitchell, sous l'œil ébahi des dirigeants de la maison mère, surpris du traitement infligé à leur homologue européen !

En quelques semaines, nous avons été obligés de monter une véritable organisation pour répondre aux nombreuses demandes. Avec directeur de production, régisseur, machinistes, électriciens, techniciens de prise de son... Après avoir dans un premier temps loué des costumes, nous avons acheté les nôtres, des éléments de décor pliables et des *flight cases* (coffres étroits à roulettes pour l'avion). Je les ai

2. Plus tard, malade, il sera remplacé par José Artur.

3. Ça, c'est malin car le « public » y est captif ! Même dans les eaux chaudes des Caraïbes, vous ne pouvez pas descendre en plein milieu de la mer !

toujours, d'ailleurs, dans une remise, à la campagne, sauf la barre des témoins, installée dans une chambre d'amis et qui me sert de « valet » pour les vêtements !
Quand je ne « siégeais » pas, je rédigeais des articles, des chroniques pour des journaux, des revues, j'écrivais des livres ou des commentaires pour des documentaires, je présentais des émissions de télévision, j'adaptais des ouvrages littéraires pour des livres-cassettes chez Gallimard, j'animais des débats, je réalisais une série de Cd-roms (sur Versailles ou le Louvre) et je jouais même de petits rôles au cinéma ou dans des téléfilms. Surtout de salopard, comme tous les petits gros (*La Balance*, de Bob Swaim), de vicelard (*Escort Girl*, du même réalisateur, avec Sigourney Weaver), de bon copain (*L'Amour en douce*, d'Édouard Molinaro avec Daniel Auteuil et Emmanuelle Béart), de pauvre type (*Poule et frites*, de et avec Luis Rego) ou de flic.
J'ai d'ailleurs effectué une très belle (et rapide) carrière dans la police. Passant en un rien de temps du grade de brigadier (*La Smala*, de Jean-Lou Hubert, avec Luis Rego) à celui d'inspecteur chargé de garder les... toilettes (dans *Signé Furax* de Marc Simenon avec Pierre Desproges en « collègue ») et de commissaire (avec Jean Carmet et Michel Galabru dans *Le beaujolais nouveau est arrivé*, de Jean-Luc Voulfow) ou dans deux téléfilms de Serge Korber, lequel m'a également fait endosser le costume de contrôleur des impôts dans sa version des « Bidochons ». Mais j'ai jamais eu l'Oscar ! Dommage, ça m'aurait bien plu ! Et je le valais bien, comme dit la pub. En fait, je me suis bien amusé. J'ai même été simple gendarme dans la série d'Alain Demouzon, avec Jean-Claude Brialy, *Ferbac*.

Mais surtout, j'ai retrouvé la radio.
1983 voit l'éclosion de ce que la presse nomme les « radios libres ». Afin de nourrir les antennes de certaines, non dévolues au tout musical, des agences produisent des reportages. L'une d'elles (Forum) m'en commande plusieurs : une longue balade en Extrême-Orient, baptisée « Derrière les portes d'or », au cours de laquelle je vais parcourir la Thaïlande (où je parviendrai même à pénétrer clandestinement à dos d'éléphant en Birmanie, interdite aux journalistes), une partie de la Chine (Canton, Hong Kong, Macao, etc.), Singapour, l'Indonésie, ou des voyages dans les villes fantômes des déserts américains.
Je vais même (avec justement le directeur de Forum et un producteur de cinéma) jusqu'à créer ma propre radio : Pacific FM (55 stations à travers la France) en réaction à la floraison des seules musicales sur le réseau. Mais je ne suis pas doué pour les affaires et je serai très vite écarté de ma passion par des (faux) associés plus endurcis. En fait, par négligence, il se trouve que j'étais salarié uniquement comme journaliste et pas comme inventeur du concept. Et, comme le disait le créateur (dans les années 1920) du studio hollywoodien Columbia, Harry Cohn (dit King Cohn) : « Qui mange mon pain, chante ma chanson ! » Aussi, quand notre financier a revendu les meubles avec le personnel[4], j'ai préféré partir. Mon copain est resté. Il est devenu très riche ! Tant pis. Rien ne vaut sa liberté et ses rêves…

Cinq ans après que j'eus claqué la porte de Radio France, en ce printemps 1988, mon P-DG abhorré étant parti voir

4. Pacific FM a été rachetée par M. Baudecroux, créateur de NRJ. Certaines stations sont devenues Chérie FM ou Rires et chansons (où passent souvent des extraits du « Tribunal des flagrants délires » !).

ailleurs si j'y étais (non !), son remplaçant, Roland Faure, me demanda de rentrer au bercail. Enfin un homme de métier (ancien lui aussi des États-Unis où je l'avais rencontré auparavant), dont je ne partageais peut-être pas toutes les valeurs, mais que je respectais énormément. Il n'eut aucune difficulté à me convaincre. Autant j'étais content de mes différentes aventures dans certains secteurs de ma profession, autant « ma » maison me manquait.

Toutefois, si le P-DG avait changé, le directeur d'Inter, lui, était resté en place et, me souvenant de son attitude plutôt timorée face à l'autorité divine de l'époque, je refusai de retravailler avec lui. Je me retrouvai donc sur France Culture – c'est la même maison –, alors dirigée par Jean-Marie Borzeix, que j'avais connu lui aussi de l'autre côté de l'Atlantique, en Louisiane, dans les années 1970. L'émission, intitulée « Élémentaire, cher petit homme », jouait sur une thématique scientifique. Tout au moins jusqu'à la fin de l'été puisque Ève Ruggieri, alors à peine nommée à la direction d'Inter (et avec qui j'avais produit plusieurs émissions de télévision sur TF1 avant que celle-ci ne soit privatisée !), me fit changer d'étage.

Ce qu'elle souhaitait, c'était que je reprenne rapidement le « Tribunal des flagrants délires ».

Pour moi, il n'en était absolument pas question.

« Tu ne vas pas recommencer à faire ta mauvaise tête ? »

Rien à voir avec ma rage passée, mais il me paraissait indécent, quelques mois seulement après la disparition de Pierre Desproges (avril 1988), de mener ce parcours sans lui.

En revanche, avec Pierre et Luis, justement, nous avions imaginé, deux ou trois ans auparavant, une sorte de néo-Tribunal (qui ne vit jamais le jour) pour la télévision. « Le » Tribunal suprême. Celui qui – paraît-il – nous attend tous.

Après la justice des hommes, la justice divine.

Le Tribunal suprême

Méritez-vous l'Enfer, le Purgatoire ou le Paradis ? Pour en décider, une assemblée d'élus choisis – tel un jury – parmi les spectateurs de notre studio derrière les nuages car, bien sûr, ce serait en public.
Ce fut donc « Bienvenue au Paradis » (1988/1990).
De ma robe rouge de magistrat – mortel –, je passai à celle, blanche immaculée, du juge suprême saint Pierre[1], une clef gigantesque (en carton) autour du cou. Pour nous faire une opinion, nous disposions des informations du dossier consacré à la vie terrestre du candidat à l'immortalité (même type d'invités que pour le « Tribunal des flagrants délires »), du rapport de surveillance de l'ange gardien (Isabelle Motrot, venue de Pacific FM) et de témoignages d'amis et/ou ennemis du « trépassé », commentant son existence avant son départ d'« ici-bas ».
Sauf que le Diable (Luis Rego) en costume de Satan (collant et cape rouge) désirait l'entraîner dans les flammes de l'Enfer. Cornu, fourchu, il surgissait de son chaudron maléfique, encadré de flammes en carton, et réclamait son dû de « combustible » humain.
Heureusement, pour la défense, s'élevait alors l'archange Gabriel – en blanc, avec de petites ailes dans le dos –, le journaliste-écrivain Dominique Jamet[2] !

1. Je n'ai pas osé personnifier Dieu lui-même. Il faut savoir rester à sa place quand même. Comme disait une société américaine de location de voitures, à l'époque : « *We are number 2, but we try harder…* » (« Nous sommes n° 2 mais nous faisons de notre mieux»).
2. Nommé directeur de la Très Grande Bibliothèque, il sera remplacé, vers la fin de l'exercice (mai 1989), par Patrice Delbourg et Yvan Dautin.

Le « chérubin » Georges Rabol jouait sur son piano magique, accompagnant les vocalises des « impétrants ».
Le tout sous la direction experte de ma réalisatrice préférée, Monique Desbarbat, revenue de son exil monégasque, assistée de Maïté Vasseur et Corinne Valente.
Encore une belle partie de rigolade.

Une autre adaptation du « Tribunal des flagrants délires » aura lieu quelques années plus tard (1996/1997). Retour aux studios publics de la Maison de la Radio, censée être devenue, cette fois, le quartier général des services du contre-espionnage de notre pays ! En blazer à boutons dorés et casquette de préfet sur le crâne, je dirige une équipe de barbouzes chargée d'interroger un dangereux « subversif », véritable menace pour l'ordre public et la sûreté de notre nation ! À nouveau, nos « suspects » proviennent de notre establishment artistique, littéraire ou politique.
Ils défilent et se mettent à table devant notre équipe de bras cassés, à savoir : Jean-Jacques Bernard, Sylvie Perez, Jean-Luc Petitrenaud, Jean Dell, Gérald Sibleyras, Gwenaëlle Abolivier, Serge Fournel, Henri-Marc Mutel, Marianne James, Christian Clères, Pierre Antilogus, Laurent Tastet, Gustave Parking, Jean-Louis Festjens, Renaud Alberny, etc.
L'agent Jean-Michel Bernard[3] (aucune parenté avec Jean-Jacques) s'est installé derrière le piano en lieu et place du brigadier-chef Georges Rabol, éloigné du clavier pour cause de maladie. Tout comme Monique Desbarbat est remplacée par son ex-assistante et réalisatrice de mes productions estivales : Maïté Vasseur.

3. Compositeur de tous mes indicatifs depuis « Marchands d'histoires » en 1992.

Cette émission de police parallèle ne durera qu'une saison car trop stressante : ma santé n'y résistera pas. Six mois sans antenne puis je prendrai – jusqu'à mon propre départ pour une retraite anticipée bien méritée – un rythme d'activité moins contraignant. Bienveillante et soucieuse de me ménager, la maison me confiera alors une hebdomadaire qui durera de 1997 à juin 2004, date de mon départ définitif de l'antenne : « Je vous écris du plus lointain de mes rêves », émission de reportages sur les voyages à travers le monde, tous les dimanches de 16 à 17 heures.
Adieu ma résolution des deux ans maximum.
En compagnie de Monique Desbarbat, nous avions pourtant imposé ce rythme car, disions-nous, « il vaut mieux laisser des regrets que des remords ». C'est-à-dire ne pas lasser le public avec une répétition quotidienne. Laisser l'auditeur en manque plutôt que de l'éloigner en l'ennuyant. Et surtout ne pas ressembler à ces vieux acteurs qu'on ne connaît que par leur rôle de flic joué jusqu'à plus soif. Ne se retirant que bien après l'âge légal de la retraite du fonctionnaire qu'ils continuent d'interpréter, pistolet au poing, même si leur modèle a depuis longtemps déserté les rues. Enfin, comme le chantait Bob Dylan, les temps changent, et c'est tellement mieux de changer avec eux.

À vrai dire, en écrivant ces lignes, je m'aperçois que la formule du « Tribunal des flagrants délires » aura été la plus longue de mes expériences radiophoniques. Et la plus drôle. Malheureusement, je ne peux me rappeler tous les détails. Sur le moment, on pense à l'émission en cours et puis, celle-

« C'est la java de celui qui s'en va...

« L'audience est définitivement levée. »

ci terminée, déjà à celle du lendemain. Pas le temps de prendre des notes ? Dommage. Cela serait bien utile quand vient l'heure d'égrener ses souvenirs. Me voilà à présent plus près de la sortie que de l'entrée.
Ranger le bureau, le grenier et mettre en ordre la mémoire. Décider de ce que l'on va garder, de ce que l'on va jeter. Cruel dilemme.
Tenter de raconter un instant de sa vie frôle l'impossible. Ne pas se disperser. Aller à l'essentiel.
Mais qu'est-ce que l'essentiel ? Pour vous, pour moi ?
Avec, en plus, ce que l'on hésite à confier.
Toujours conserver – pour soi, surtout pour soi – une part de mystère. Qu'elle soit volontaire ou non. Oubli de circonstance, indifférence, sénilité ou amnésie temporaire ?
À vous de juger.
Le dernier jour à l'antenne, pour refermer la page et dire adieu à mes quarante ans de radio, j'ai diffusé en ultime message de ce que je ressentais une chanson d'avant-guerre interprétée par Damia : « C'est la java de celui qui s'en va, sans regarder en arrière…[4] »
Je ne serai jamais un ancien combattant, tout au moins je voudrais le croire.
Pour moi, le plaisir c'est l'instant, et justement la radio reste le Média et l'Im-média(t).
Voilà pourquoi les souvenirs devraient toujours s'écrire au présent.

4. « Celui qui s'en va », de Charles Kiesgen
(© by Éditions Paul Beuscher. Publié avec l'aimable autorisation des Éditions Beuscher Arpège).

Postface

Le cerveau humain est ainsi constitué qu'il m'a fallu attendre la fin de l'écriture de ce livre pour que me reviennent en mémoire certains souvenirs oubliés de ces lointaines années : ces paroles d'une ancienne chanson de Pierre Perret évoquant les seins d'une femme « durs comme un avocat général... » déclenchant l'ire – prétendue – de Pierre Desproges au début de son réquisitoire, un autre *gimmick* de celui-ci : « ... Salut, ma hargne ! Bonjour, ma colère ! Et mon courroux, coucou ! », celui de Luis Rego : « ... Amis drogués, bonjour... », sa description des « peuplades primitives des provinces françaises » rencontrées lors de nos tournées (les Grenoblots du Dauphiné par exemple), sa retransmission avec bruitage buccal afférent d'un match de tennis de Yannick Noah contre Connors, sa plaidoirie en tant que membre masculin du MLF au féminisme mal digéré prononcée pour la défense de ce grand séducteur de Julien Clerc (chantant Léo Ferré), tout de suite après le témoignage d'un Jacques Villeret transformé en ministre de l'Agriculture français à Bruxelles, racontant son déjeuner de « travail » avec ses confrères européens (neuf à l'époque), où l'on croirait entendre un politicien d'aujourd'hui, ou le Tribunal d'Arlette Laguiller traitant le général Bigeard de « pithécanthrope », dont un vrai paléontologue du Muséum d'histoire naturelle prit la défense posthume, avant que l'alors porte-parole de Lutte ouvrière interprète à sa façon « Quand un soldat », chanson antimilitariste de Francis Lemarque.

Mais surtout je tiens à réparer un oubli capital auquel j'ai repensé cette nuit. D'après mes souvenirs, d'autres tribunaux ont existé sur les ondes françaises et ont dû marquer mon inconscient de petit garçon bien avant que j'exerce mes coupables activités : « Le tribunal d'impéritie » d'avant-guerre ; ce « Tribunal des chansons » où des chansonniers, Jacques Grello, Saint-Granier, Raymond Souplex, Jean Richard, Jane Sourza, jugeaient les paroles d'une mélodie d'après-guerre, et surtout cette autre émission : « Leguignon lampiste », de Robert Picq et Pierre Ferrari, « offerte par la Boldoflorine – la bonne tisane pour le foie ». Le tribunal y était présidé par Pierre Destailles (auteur et interprète de la chanson « Tout ça, parce qu'au bois de Chaville y'avait du muguet ») et avait pour éternel accusé le Français moyen Leguignon (Yves Deniaud), lampiste de service, que j'écoutais avec ferveur à la table du déjeuner familial le dimanche à 13 h 30 (1947-1962) en rentrant de la messe à Saint-Antoine-de-Padoue (boulevard Lefebvre, Paris XVe).

Je suis certain que son souvenir n'est pas innocent dans ma décision de produire le « Tribunal des flagrants délires ».

Les invités

15.09.1980 **PIERRE PERRET** *avec le concours de* JACQUES MANIÈRE *et* HENRI TACHAN

16.09.1980 **VICTOR LANOUX**

17.09.1980 **GILLES VIGNEAULT** *avec le concours de* MICHEL BUHLER *et* SAPHO

18.09.1980 **JEAN-PIERRE CASSEL**

19.09.1980 **BERNARD HALLER** *avec le concours d'*ALAIN CHEVALIER *et* JEAN-CLAUDE CARRIÈRE

22.09.1980 **CLAUDE CHABROL** *avec le concours de* JEAN-MICHEL CARADEC

23.09.1980 **PIERRE DELANOË** *avec le concours d'*HERVÉ CRISTIANI

24.09.1980 **JEAN-LOUIS TRINTIGNANT** *avec le concours de* GUY MARCHAND *et* JACQUES OUVRIER

25.09.1980 **HENRI TISOT** *avec le concours de* JEAN-MARIE PROSLIER *et* AIMABLE

26.09.1980 **HUGUES AUFRAY** *avec le concours de* MARIE BELLAMARIE *et* ROGER MASON

29.09.1980 **BRIGITTE FOSSEY** *avec le concours de* PACO IBÁÑEZ

30.09.1980 **RAPHAËLLE BILLETDOUX** *avec le concours de* FRANÇOISE XENAKIS *et* DAVID MCNEIL

01.10.1980 **GÉRARD CALVI**

02.10.1980 **MARIE-CHRISTINE BARRAULT** *avec le concours d'*YVES SIMON *et* JACQUES DAMIOT

03.10.1980 **GUY RÉTORÉ** *avec le concours de* PIERRE DUX *et* JULOS BEAUCARNE

06.10.1980 **BERNADETTE LAFONT** *avec le concours de* ROLAND TOPOR *et* ALAIN BASHUNG

07.10.1980 **MARIE DUBOIS** *avec le concours de* CATHERINE RIBEIRO *et* ANNY DUPEREY

08.10.1980 **PIERRE DORIS** *avec le concours d'*ARLETTE MIRAPEUX *et* ANDRÉ CAILLARD

09.10.1980 **MICHELINE DAX** *avec le concours de* JEAN-MARIE PROSLIER *et* NICOLE RIEU

10.10.1980 **BERNARD LAVILLIERS** *avec le concours de* BERNARD CHAPUIS *et* ALAIN SCOFF

13.10.1980 **PIERRE MONDY** *avec le concours d'*HENRI TEXIER *et* ROGER CAREL

14.10.1980 **JACQUES BALUTIN** *avec le concours de* RICHARD COCCIANTE *et* DANIEL PRÉVOST

15.10.1980 **HAROUN TAZIEFF** *avec le concours de* GILLES NAUDIN *et* FRANÇOIS JOUFFA

16.10.1980 **GEORGES WILSON** *avec le concours de* RUFUS *et* ARMANDE ALTAÏ

17.10.1980 **PATRICK DEWAERE** *avec le concours de* PATRICK BOUCHITEY, BERNARD BENGUIGUI *et* VINCENT ABSIL

20.10.1980 **ROGER PIERRE** *avec le concours de* GILBERT LAFFAILLE *et* CHRISTIAN MARIN

21.10.1980 **ANNIE CORDY** *avec le concours de* JACQUES MAREUIL *et* DAVE

22.10.1980 **BERTRAND TAVERNIER** *avec le concours de* JEAN-ROGER CAUSSIMON *et* CLAIRE CLOUZOT

23.10.1980 **EDDY MITCHELL** *avec le concours de* CASTELHEMIS *et* FRANCIS LACLOCHE

24.10.1980 **JACQUES LANZMANN** *avec le concours de* LOUIS CHEDID *et* J.-C. LATTÈS

27.10.1980 **NICOLETTA** *avec le concours de* HARLEM SWING *et* PATRICE GALL

28.10.1980 **GUY BEDOS** *avec le concours de* MARIE CARDINAL *et* ANNA PRUCNAL

29.10.1980 **YVES SIMON** *avec le concours d'*ANTOINE TOMÉ *et* BERNARD KOUCHNER

30.10.1980 **FABIENNE THIBAULT**

31.10.1980 **MAXIME LE FORESTIER** *avec le concours de* JEAN-PAUL LIÉGEOIS *et* JEAN-CLAUDE VANNIER

03.11.1980 **RICET BARRIER** *avec le concours de* JEAN EURARD *et* J.-N. DUPRÉ

04.11.1980 **JULOS BEAUCARNE** *avec le concours de* RONNY COUTTEURE *et* FRANCE LÉA

05.11.1980 **EDDIE BARCLAY** *avec le concours de* DANIEL BERETTA *et* PIERRE DELANOË

06.11.1980 **JACQUES FABBRI** *avec le concours de* MOUSTACHE *et* ANDRÉ VALLARDY

07.11.1980 **CLAUDE PIÉPLU** *avec le concours d'*ARAM *et* JEAN-MICHEL RIBES

10.11.1980 **PIERRE ROUANET** *avec le concours d'*ANTONIN *et* GEORGES HACQUART

11.11.1980 **JEAN-PIERRE LANG** *avec le concours de* CHARLES LEVEL *et* ROLAND VINCENT

12.11.1980 **ROGER CAREL** *avec le concours de* GILLES MARCHAL *et* PIERRE TRABAUD

13.11.1980 **JEAN POIRET** *avec le concours de* GUY MARCHAND *et* GÉRARD HERNANDEZ

14.11.1980 **GÉRARD LAUZIER** *avec le concours de* JEAN-LOUIS PICK *et* ANÉMONE

17.11.1980 **MICHELLE PERREIN** *avec le concours de* PIERRE BERTHOMIAN *et* MARIE-JOSÉE VILAR

18.11.1980 **FRED** *avec le concours de* DJAMEL ALLAM *et* CABU

19.11.1980 **MAX GALLO** *avec le concours de* CUARTETO CEDRÓN *et* ROGER COLOMBANI

20.11.1980 **MARIE-PAULE BELLE** *avec le concours de* GÉRARD PRESGURVIC *et* JEAN-PAUL BUSSY

21.11.1980 **ROMAIN BOUTEILLE** *avec le concours de* JEAN-PIERRE HUSER *et* SOTHA

24.11.1980 **YVES ROBERT** *avec le concours de* PIERRE TISSERAND *et* PIERRE TCHERNIA

25.11.1980 **MORT SHUMAN** *avec le concours d'*ERIC KRISTY *et* PIERRE SAKA

26.11.1980 **RUFUS** *avec le concours de* VANINA MICHEL *et* GÉRARD JUGNOT

27.11.1980 **FRANCIS LOPEZ** *avec le concours de* RICHARD BOHRINGER *et* CLAUDE DUFRESNE

28.11.1980 **PIERRE TCHERNIA** *avec le concours de* JACQUES FABBRI *et* MAXIME LE FORESTIER

01.12.1980 **DANIEL GÉLIN** *avec le concours de* CATHERINE SAUVAGE *et* XAVIER GÉLIN

02.12.1980 **CHARLES AZNAVOUR** *avec le concours de* DANIEL BALAVOINE *et* JEAN-PAUL DRÉAU

03.12.1980 **JEAN-MICHEL ROYER** *avec le concours de* JEAN FALISSARD *et* ÉRIC FRAU

04.12.1980 **JEAN-PIERRE CHABROL** *avec le concours de* MICHEL BUHLER *et* GILLES BLEIVES

05.12.1980 **CLAUDE MARTI** *avec le concours de* TERESA REBULL *et* MARCEL AMONT

08.12.1980 **MARCEL AMONT** *avec le concours de* PATRIC *et* JEAN-PIERRE CHABROL

09.12.1980 **DANIEL BALAVOINE** *avec le concours de* DANIEL SEFF

10.12.1980 **ALEX MÉTAYER** *avec le concours de* XAVIER LACOUTURE *et* ANDRÉ BARBE

11.12.1980 **NELLY KAPLAN** *avec le concours d'*YVES DAUTIN *et* ROBERT SABATIER

12.12.1980 **JOAN PAU VERDIER** *avec le concours de* SERGE GAINSBOURG *et* JEAN-PAUL LIÉGEOIS

15.12.1980 **ROGER BOUSSINOT** *avec le concours de* GÉRARD DUPONT *et* JEAN-PIERRE MOCKY

16.12.1980 **ROBERT LAMOUREUX** *avec le concours de* JEAN-PIERRE RÉGINAL *et* MARTHE MERCADIER

17.12.1980 **PHILIPPE NOIRET** *avec le concours de* PIERRE LOUKI *et* JACQUES FRANÇOIS

18.12.1980 **ALAIN SOUCHON** *avec le concours de* LAURENT VOULZY *et* CLAUDE BERRI

19.12.1980 **MOULOUDJI** *avec le concours de* JUAN MOSALINI *et* CHRISTIAN MÉRY

22.12.1980 **DAVE** *avec le concours de* JEAN ÉDOUARD *et* GUY LEFRANC

23.12.1980 **MICHEL BERGER** *avec le concours de* BOOKER T. LAURY *et* DANIEL BALAVOINE

24.12.1980 **LÉO FERRÉ** *avec le concours de* BORIS SANTEFF *et* YVES SIMON

25.12.1980 **HENRI SALVADOR** *avec le concours de* DIDIER LOCKWOOD *et* PHILIPPE CHATEL

26.12.1980 **MICHAEL LONSDALE** *avec le concours de* CATHERINE RIBEIRO *et* POLIA JANSKA

29.12.1980 **YVES DUTEIL** *avec le concours de* JOËL FAUREAU *et* CHARLES LEVEL

30.12.1980 **ROBERT COURTINE** *avec le concours de* WILLIAM SHELLER *et* JACQUES BAUDOIN

01.01.1981 **PIERRE PERRET** *avec le concours de* MARCEL GOTLIB *et* J.-M. RIVIÈRE

02.01.1981 **JACQUES FRANÇOIS** *avec le concours de* MIMI LORCA *et* MICHELINE PRESLE

05.01.1981 **LES CHARLOTS** *avec le concours de* JACK TREESE

06.01.1981 **MARTHE MERCADIER** *avec le concours de* THÉRÈSE DE SAINT-PHALLE

07.01.1981 **CLAUDE RICH** *avec le concours de* CLAUDE LUTER *et* ROLAND MONOD

08.01.1981 **JEAN-PIERRE DARRAS** *avec le concours de* FRANCIS LALANNE *et* ROGER COGGIO

09.01.1981 **FRANÇOIS BÉRANGER** *avec le concours du* GROUPE IMAGO *et* BRUNO LÉANDRI

12.01.1981 **JACQUES LAFITTE** *avec le concours de* MOUSTACHE *et* GEORGES FERREIRA

13.01.1981 **GUY BÉART** *avec le concours de* ROBERT BEAUVAIS *et* ALPHONSE BOUDARD

14.01.1981 **FRANCIS GIROD** *avec le concours d'*ALEXANDRE RÉVÉREND *et* GEORGES CONCHON

15.01.1981 **NINO FERRER** *avec le concours de* PATRICK MOULEN *et* JEAN HARDUAN

16.01.1981 **ROBERT SABATIER** *avec le concours de* PIERRE RAPSAT *et* NELLY KAPLAN

19.01.1981 **RENAUD** *avec le concours de* DJAMAL ALLAM *et* DANIEL DOLLE

20.01.1981 **PHILIPPE DE BROCA** *avec le concours de* XAVIER LACOUTURE *et* DANIEL BESNEHARD

21.01.1981 **LAURENT VOULZY** *avec le concours de* JEAN-CLAUDE COURBET *et* ALAIN SOUCHON

22.01.1981 **MAURICE BIRAUD** *avec le concours d'*HERVÉ CRISTIANI *et* DANIEL WHITE

23.01.1981 **LOUIS CHEDID** *avec le concours de* RAPHAËL FAŸS *et* PIERRE FUGER

26.01.1981 **FRANCIS LALANNE** *avec le concours de* DOMINIQUE BAILLY *et* JEAN-LOUIS FOULQUIER

27.01.1981 **MICHEL DUCHAUSSOY** *avec le concours de* PHILIPPE RICHEUX *et* JACQUES SEREYS

28.01.1981 **GILBERT LAFFAILLE** *avec le oncours de* BRUNO GARCIN *et* ISABELLE MAYEREAU

29.01.1981 **DANIEL LAVOIE** *avec le concours de* JOSÉ BARRENSE DIAS *et* LUCIEN RIOUX

30.01.1981 **DANIEL AUTEUIL** *avec le concours de* BRIGITTE FONTAINE *et* ARESKI, *et* MARIANNE SERGENT

02.02.1981 **ANDRÉ FRANQUIN** *avec le concours de* MURRAY HEAD *et* GOTLIB

03.02.1981 **FRANCIS PERRIN** *avec le concours de* MICHÈLE BERNARD *et* JACQUES FRANÇOIS

04.02.1981 **ANNE SYLVESTRE** *avec le concours de* MARIE CHAIX *et* MARIANNE SERGENT

05.02.1981 **GEORGES DESCRIÈRES** *avec le concours de* LOUIS COPPALONI *et* PIERRE DOUGLAS

06.02.1981 **JULIEN CLERC** *avec le concours de* GUY BEDOS *et* GÉRARD KLEIN

09.02.1981 **JEAN-EDERN HALLIER** *avec le concours de* DAVID MCNEIL *et* PIERRE BOUTANG

10.02.1981 **HENRI TACHAN** *avec le concours de* JOSÉ ARTUR *et* CAVANNA

11.02.1981 **CATHERINE ALLÉGRET** *avec le concours de* ROMAIN DIDIER *et* JEAN-CLAUDE DAUPHIN

12.02.1981 **GEORGES MOUSTAKI** *avec le concours de* NAZARÉ PEREIRA *et* VICTOR LANOUX

13.02.1981 **JEAN-MARC CERRONE** *avec le concours d'*ALDO ROMANO *et* GÉRARD DE VILLIERS

16.02.1981 **JEAN-MICHEL CARADEC** *avec le concours de* CORINNE COUSIN *et* GÉRARD HOLTZ

17.02.1981 **ALPHONSE BOUDARD** *avec le concours de* JEAN GUIDONI *et* FRANCIS PERRIN

18.02.1981 **MICHEL BUHLER** *avec le concours de* J.-P. ANDREVON *et* PASCAL AUBERSON

19.02.1981 **GÉRARD DE VILLIERS** *avec le concours d'*ANGEL PARRA *et* FRANÇOIS PÉDRON

20.02.1981 **JEAN-CLAUDE BOUTTIER** *avec le concours de* BERNARD LAVILLIERS, JEAN-PIERRE HUSER

23.02.1981 **GENEVIÈVE DORMANN** *avec le concours de* PATRICIA *et* RENÉ FALLET

24.02.1981 **JULIETTE GRÉCO** *avec le concours de* BERNARD DIMEY *et* FRANÇOIS CHAUMETTE

25.02.1981 **JEAN-JACQUES DEBOUT** *avec le concours de* TCHOUK TCHOUK NOUGAH *et* R. DUMAS

26.02.1981 **PIERRE SANTINI** *avec le concours de* PIERRE BACHELET *et* JOSIANE LÉVÊQUE

27.02.1981 **GUY DRUT** *avec le concours de* JEAN-CLAUDE BOUTTIER *et* NANETTE WORKMAN

02.03.1981 **ALAIN BARRIÈRE** *avec le concours de* CASTELHEMIS *et* PIERRE MASSIMI

03.03.1981 **MARIA PACÔME** *avec le concours de* DJUDJURA *et* JEAN-JACQUES PAUVERT

04.03.1981 **ROLAND TOPOR** *avec le concours de* PATRICK ABRIAL *et* PASCAL THOMAS

05.03.1981 **PAULINE JULIEN** *avec le concours de* JULES BEAUCARNE *et* MARC FAVREAU

06.03.1981 **ROGER HANIN** *avec le concours de* JEAN DUTOURD

09.03.1981 **JEAN-MARC THIBAULT** *avec le concours de* JEAN-CLAUDE DARNAL *et* PIERRE TCHERNIA

10.03.1981 **BERNARD DIMEY** *avec le concours de* MOULOUDJI *et* I. AUBERT

11.03.1981 **ÉRIC CHARDEN** *avec le concours de* DIDIER BARBELIVIEN *et* GUY BONTEMPELLI

12.03.1981 **ALAIN GILLOT-PÉTRÉ** *avec le concours de* PHILIPPE CLAY *et* R. NEIDHARDT

13.03.1981 **PLUME LATRAVERSE** *avec le concours de* BRENDA WOOTON *et* MARIE-ANGE GUILLAUME

16.03.1981 **YVES BOISSET** *avec le concours de* GILLES SERVAT *et* LENY ESCUDERO

17.03.1981 **ANTOINE** *avec le concours de* GOTAN *et* DE J.-P. JAUBERT

18.03.1981 **NICOLE CROISILLE** *avec le concours de* GOTAN *et* J.-P. JAUBERT

19.03.1981 **ACHILLE ZAVATTA** *avec le concours de* D. MARMAL *et* JULIET BERTHO

20.03.1981 **ENRICO MACIAS** *avec le concours de* J.-C. MONNET *et* JACQUES DEMARNY

23.03.1981 **YVAN DAUTIN** *avec le concours de* MICHEL DE VILLIERS *et* CLAUDE PIÉPLU

24.03.1981 **BERNARD FRESSON** *avec le concours d'*ÉTIENNE CHICOT *et* DE J. HILLS

25.03.1981 **CHRISTOPHE** *avec le concours d'*HUBERT-FÉLIX THIÉFAINE

26.03.1981 **LENY ESCUDERO** *avec le concours de* PIEDS JOINTS *et* J. ROSSIGNEUX

27.03.1981 **JEAN CABU** *avec le concours de* PHILIPPE VAL *et* JACKIE BERROYER

30.03.1981 **SYLVIA MONFORT** *avec le concours de* GUY BÉART *et* JEAN MARAIS

31.03.1981 **FRANÇOIS LAMY** *avec le concours de* GUY BEDOS *et* JUAN MOSALINI

01.04.1981 **FRANCIS LEMARQUE** *avec le concours de* CATHERINE SAUVAGE *et* PHILIPPE AVRON

02.04.1981 **RENÉ FALLET** *avec le concours de* DJAMAL ALLAM *et* RAYMOND BUSSIÈRES

03.04.1981 **HENRI VIRLOJEUX** *avec le concours de* JOEL DAYDÉ *et* PHILIPPE NICAUD

06.04.1981 **RENÉE SAINT-CYR** *avec le concours de* MARIA D'APPARECIDA *et* JACQUES CHAZOT

07.04.1981 **MICHEL LEGRAND** *avec le concours de* MANU DIBANGO *et* GEORGES RABOL

08.04.1981 **FRANÇOISE MALLET-JORIS** *avec le concours de* MARC JOLIVET *et* MARIE-PAULE BELLE

09.04.1981 **JEAN-ROGER CAUSSIMON** *avec la participation d'*ARISTIDE PADYGROS *et de* JEAN-LOUIS FOULQUIER

10.04.1981 **GEORGES GUETARY** *avec le concours de* JACQUES DEBRONCKART *et* JEAN-CLAUDE DAUZONNE

13.04.1981 **JACQUES STERNBERG** *avec le concours de* NANETTE WORKMANN *et* S. JAY

14.04.1981 **GEORGES CONCHON** *avec le concours de* DENIS WETTERWALD *et* ERIK ORSENNA

15.04.1981 **FRANCIS CABREL** *avec le concours de* FRANCE LÉA *et* MICK LARY

16.04.1981 **GILLES SERVAT** *avec le concours de* MARC LEGRAS *et* Y. ÉTIENNE

20.04.1981 **ROBERT CHARLEBOIS** *avec le concours de* P. GARCIA *et* DANIEL AUTEUIL

21.04.1981 **MARCEL GOTLIB** *avec le concours de* MARCEL DADI *et* JACQUES LOB

22.04.1981 **PIERRE VASSILIU** *avec le concours de* PATRICK FONT *et* DANIEL AUTHOUART

23.04.1981 **SERGE JULY** *avec le concours de* BILL DERAIME *et* JEAN-MARCEL BOUGUEREAU

24.04.1981 **CHARLES DUMONT** *avec le concours de* DANIELLE MESSIA *et* S. HACKNO

27.04.1981 **JEAN-MICHEL RIBES** *avec le concours de* JEAN-PAUL FARRE *et* MICHELINE PRESLE

28.04.1981 **CYRIL ATANASSOF** *avec le concours de* PIA COLOMBO *et* H. TOURNEUR

29.04.1981 **JACQUES BOCK** *avec le concours de* JÉRÔME BERRICHON *et* A. VALENTINI

30.04.1981 **DICK RIVERS** *avec le concours de* CHARLÉLIE COUTURE *et* S. KOLEEN

04.05.1981 **ANDRÉ DARMON** *avec le concours de* FRÉDÉRIC MITTERRAND *et* SERGE KOLENN

05.05.1981 **HUBERT DESCHAMPS** *avec le concours de* RICHARD BOHRINGER *et* JACQUES MAILHOT

06.05.1981 **HENRI PESCAROLO** *avec le concours de* PIERRE PERRET *et* JOHNNY RIVES

07.05.1981 **BERNARD KOUCHNER** *avec le concours de* KATHERINE PANCOL *et* YVES SIMON

08.05.1981 **CATHERINE RIBEIRO** *avec le concours de* WOLINSKI *et* LES JUMELLES LUCAS

11.05.1981 **RIKA ZARAÏ** *avec le concours de* A. SIMONS *et* PASCAL SEVRAN

12.05.1981 **PHILIPPE LAMOUR** *avec le concours de* COLETTE RENARD *et* JEAN LARTÉGUY

13.05.1981 **MICHEL JONASZ** *avec le concours de* RICHARD GOTAINER *et* JEAN-MARC ROBERTS

14.05.1981 **FRÉDÉRIC MITTERRAND** *avec le concours de* XAVIER LACOUTURE *et* TONY MARSHALL

15.05.1981 **GEORGES JEAN ARNAUD** *avec le concours de* CHRISTIAN VANDER *et* CHARLOTTE DE TURKHEIM

18.05.1981 **GEORGES WOLINSKI** *avec le concours de* GWENDAL *et* CLAUDE CONFORTÈS

19.05.1981 **DJAMAL ALLAM** *avec le concours de* KAREN BLANGUERNON *et* RENAUD

20.05.1981 **COLUCHE** *avec le concours de* GUY BEDOS *et du* PROFESSEUR CHORON

22.05.1981 **SERGE LAMA** *avec le concours de* J. BACON *et* M. DUBON

25.05.1981 **LUCIEN BODARD** *avec le concours de* RACHID BAHRI *et* GENEVIÈVE DORMANN

26.05.1981 **GÉRARD VIÉ** *avec le concours de* JEAN-MICHEL CARADEC, MME ADRIENNE *et* LAURENCE BADIE

27.05.1981 **PHILIPPE CHATEL** *avec le concours d'*YVES DUTEIL *et* BRUNO GARCIN

28.05.1981 **YVES COURRIÈRE** *avec le concours de* DENIS WETTERWALD *et* MAX-OLIVIER LACAMP

29.05.1981 **SEAN MACBRIDE** *avec le concours de* CLAUDE BESSON *et* ÉRIC LAURENT

18.01.1982 **INÈS DE LA FRESSANGE** *avec le concours de* PHILIPPE DALECKY *et* CHRISTOPHE D'ASTIER

26.01.1982 **STÉPHANE COLLARO** *avec le concours de* NOËL SALENE

13.09.1982 **HENRI VERNEUIL** *avec le concours de* PATRICK FONT *et* PHILIPPE VAL

14.09.1982 **DANIEL COHN-BENDIT** *avec le concours d'*YVAN DAUTIN

15.09.1982 **JEAN D'ORMESSON** *avec le concours de* PHILIPPE SOLLERS *et* JEAN FALISSARD

16.09.1982 **JEAN-FRANÇOIS DAVY** *avec le concours de* CHRISTIAN PAULREILCHE ET LES DJURJURA

17.09.1982 **ARIEL ZEITOUN** *avec le concours de* CLAUDE BERRI *et* FRANCIS LEMARQUE

20.09.1982 **PHILIPPE TESSON** *avec le concours de* GENEVIÈVE DORMANN

21.09.1982 **ALAIN MOREAU** *avec le concours de* CHARLES JEAN *et* PIERRE VASSILIU

22.09.1982 **PLASTIC BERTRAND** *avec le concours de* BORIS BERGMAN *et* MARC OGERET

23.09.1982 **LÉON ZITRONE** *avec le concours de* XAVIER VILLETARD *et* GEORGES MOUSTAKI

24.09.1982 **PASCAL SEVRAN** *avec le concours de* MAURICE FANON *et* MAX GUAZZINI

27.09.1982 **YVES MOUROUSI** *avec le concours de* DANIEL BALAVOINE *et* CHARLES LEVEL

28.09.1982 **JEAN-MARIE LE PEN** *avec le concours du* QUATUOR CEDRÓN

29.09.1982 **JEAN-PATRICK CAPDEVIELLE** *avec le concours de* FARID CHOPEL

30.09.1982 **JEAN DUTOURD** *avec le concours de* BERNARD LANGLOIS *et* DOMINIQUE JAMET

01.10.1982 **JEAN YANNE**

04.10.1982 **GUY BEDOS** *avec le concours de* PASCAL AUBERSON *et* SERGE PAPAGALLI

05.10.1982 **ALAIN PROST** *avec le concours de* JOËL DAYDE *et* RENÉ CHABOUD

06.10.1982 **HUGUETTE BOUCHARDEAU** *avec le concours d'*ANNE SYLVESTRE *et* BERNARD LANGLOIS

07.10.1982 **PIERRE TROISGROS**

08.10.1982 **HERBERT LÉONARD** *avec le concours de* VLINE BUGGY *et* JACQUES LAMIABLE

10.10.1982 **ROGER COGGIO** *avec le concours d'*HENRI GUÉDON *et* MICHEL GALABRU

12.10.1982 **FRANÇOIS DE CLOSETS** *avec le concours de* GEORGES CHELON *et* MARTINE ALLAIN-REGNAULT

13.10.1982 **ALAN STIVELL** *avec le concours de* MICHEL LAGUEYRIE

14.10.1982 **JEAN-MARC THIBAULT** *avec le concours de* JEAN-MICHEL BARJOL

15.10.1982 **ALBERT UDERZO** *avec le concours de* GÉBÉ *(dessinateur)*

18.10.1982 **CHARLES DUMONT** *avec le concours de* PIERRE FAVRE *et* JEAN-MICHEL GASCUEL

19.10.1982 **YVAN DAUTIN**

20.10.1982 **GISÈLE HALIMI** *avec le concours de* RICHARD DABLE

21.10.1982 **FRANÇOIS BÉRANGER**

22.10.1982 **PIERRE VASSILIU**

25.10.1982 **JACQUES SÉGUÉLA**

26.10.1982 **JOSIANE BALASKO**

27.10.1982 **JEAN-CLAUDE BOURRET**

28.10.1982 **JEAN CONSTANTIN**

29.10.1982 **PATRICK POIVRE D'ARVOR**

02.11.1982 **BRICE LALONDE**

03.11.1982 **GILBERT TRIGANO**

04.11.1982 **ANDRÉE BALLAND**

05.11.1982 **ROBERT DHERY**

08.11.1982 **JEAN-MARC REISER**

09.11.1982 **MICHEL DE Y**

10.11.1982 **DOROTHÉE** *avec le concours de* BRENDA WOOTON *et* CABU

12.11.1982 **MAURICE SIEGEL**

15.11.1982 **SAPHO** *avec le concours de* PHILIPPE GENTY *et* SUPER NANA

17.11.1982 **ALAIN GILLOT-PÉTRÉ**

17.11.1982 **RICHARD ZACHARY**

19.11.1982 **MOUSTACHE**

22.11.1982 **RICHARD BERRY** *avec le concours d'*ALAIN AURENCHE *et* BOB SWAIN

23.11.1982 **MARCEL MARCEAU**

26.11.1982 **YANNICK NOAH** *avec le concours d'*HERVÉ CRISTIANI *et* DANIEL SOULEZ-LARIVIÈRE

29.11.1982 **GÉRARD ZWANG** *avec le concours du* DOCTEUR DEMANGE

30.11.1982 **FRANCIS PERRIN**

01.12.1982 **BERNARD GIRAUDEAU** *avec le concours de* PHILIPPE RICHEUX *et* FRÉDÉRIC MITTERRAND

02.12.1982 **ANDRÉ ESSEL** *avec le concours de* JEAN-LOUIS MAHJUN *et* DANIEL DUFOUR

03.12.1982 **FRANÇOIS CAVANNA** *avec le concours de* CARON *et* ODILE FOURNIER

06.12.1982 **JEAN-MARC ROBERTS** *avec le concours de* MAURICE REVERDY *et* YVES STAVRIDES

07.12.1982 **JEAN-MARC MANIATIS**

08.12.1982 **PHILIPPE LÉONARD** *avec le concours d'*YVES DUTEIL *et* AGATHE GODARD

09.12.1982 **RENÉ BARJAVEL**

10.12.1982 **JEAN-FRANÇOIS KAHN**

14.12.1982 **PAUL QUILÈS** *avec le concours de* DAVID MACNEIL *et* MICHEL KRICORIAN

15.12.1982 **HAROUN TAZIEFF**

16.12.1982 **ROGER PEYREFITTE** *avec le concours de* LOUISE WEISS *et* TOM NOVEMBRE

17.12.1982 **WILLIAM SHELLER** *avec le concours de* CATHERINE LARA

20.12.1982 **CÉSAR**

21.12.1982 **CASAMAYOR**

22.12.1982 **CHARLÉLIE COUTURE**

23.12.1982 **JEAN-YVES TERLAIN** *avec le concours de* DICK ANNEGARN *et* SYLVESTRE LANGEVIN

24.12.1982 **SINÉ** *avec le concours de* RENAUD *et* PIERRE SERGENT

03.01.1983 **JÉRÔME SAVARY** *avec le concours d'*ALICE SAPRITCH *et* MARCEL GOTLIB

04.01.1983 **FERNAND LEGROS** *avec le concours de* DENIS WETTERWALD *et* MARIA VINCENT

05.01.1983 **MARCEL AZZOLA** *avec le concours de* SYLVIE JOLY *et* PATRICE CARATINI

06.01.1983 **ÉTIENNE RODA-GIL** *avec le concours de* JEAN-PIERRE HUSER *et* KENT HUTCHINSON

07.01.1983 **ALAIN AYACHE**

10.01.1983 **DANIEL TOSCAN DU PLANTIER**

11.01.1983 **ALAIN KRIVINE** *avec le concours de* FARID CHOPEL *et* JEAN BENGUIGUI

13.01.1983 **JOSÉ GIOVANNI**

17.01.1983 **GILBERT BÉCAUD** *avec le concours de* PIERRE DELANOË *et* CHRISTIAN GENET

19.01.1983 **JEAN-MARC REISER**

20.01.1983 **JEAN-CHARLES DE FONTBRUNE** *avec le concours de* JEAN-MICHEL ROYER

21.01.1983 **LÉON ZITRONE**

24.01.1983 **GILBERT TRIGANO**

25.01.1983 **SYLVIE JOLY** *avec le concours de* MORICE BENIN *et* FANNY JOLY

26.01.1983 **NOËL SOLENE** *avec le concours de* GILLES SERVAT *et* PIERRE BOUTEILLER

27.01.1983 **FRANÇOIS ROMERIO** *avec le concours de* MIMI LORCA *et* MAX FLORENTIN

31.01.1983 **MICHEL DE SAINT-PIERRE**

01.02.1983 **RÉGINE DEFORGES** *avec le concours de* JEAN-LOUIS MURAT *et* CLAIRE BRETÉCHER

02.02.1983 **PIERRE VASSILIU**

03.02.1983 **MICHEL POLAC** *avec le concours de* MOULOUDJI *et* PIERRE DUMAYET

08.02.1983 **CLAIRE BRETÉCHER** *avec le concours de* ROBERT CHARLEBOIS *et* RENÉ PÉTILLON

10.02.1983 **PIERRE SERGENT** *avec le concours de* GILLES LANGOUREAU *et* MARTHE VILLALONGA

07.03.1983 **JACQUES HIGELIN**

08.03.1983 **PIERRE VEDEL** *avec le concours de* PIERRE BAROUH

09.03.1983 **LAURENT BROOMHEAD** *avec le concours d'*HERVÉ CRISTIANI

10.03.1983 **POILÂNE** *avec le concours de* JULOS BEAUCARNE

11.03.1983 **BERNARD HENRI-LÉVY** *avec le concours de* PHILIPPE SOLLERS *et* MAXIME LE FORESTIER

14.03.1983 **DANIEL HECHTER** *avec le concours d'*ISABELLE MAYEREAU *et* J.-J. DEBOUT

15.03.1983 **GEORGES CRAVENNE**

16.03.1983 **PÈRE DELISSADE** *avec le concours de* BILL DERAIME

17.03.1983 **BERTRAND POIROT-DELPECH**

18.03.1983 **PIERRETTE BRES**

21.03.1983 **MICHEL BLANC** *avec le concours de* VALÉRIE MAIRESSE *et* JÉRÔME BERRICHON

22.03.1983 **MARCEL MARÉCHAL**

23.03.1983 **FRÉDÉRIC POTTECHER** *avec le concours de* JEAN LOUIS HORROT *et* LES QUILAPAYUN

24.03.1983 **ALEXIS GRUSS** *avec le concours de* CLAUDE PIÉPLU

25.03.1983 **PATRICK SEGAL** *avec le concours de* JEAN-LOUIS AUGET *et* COLETTE MAGNY

28.03.1983 **LAUREN L'ALLINEC** *avec le concours d'*AURÉLIE MORIN *et* JEAN-MARC REISER

29.03.1983 **FRANÇOIS CHAUMETTE** *avec le concours de* MICHEL ETHEVERRY

30.03.1983 **MICHEL PICCOLI**

31.03.1983 **JACQUES MAILLOT** *avec le concours de* DICK ANNEGARN

01.04.1983 **JEAN-FRANÇOIS BIZOT** *avec le concours de* FRANCE ANGLADE

04.04.1983 **CLAUDE NOUGARO**

05.04.1983 **DIANE KURYS** *avec le concours de* CHRISTIAN CLAVIER *et* JEAN-PAUL VERDIER

06.04.1983 **MADAME DESSACHY** *(agence matrimoniale)*

07.04.1983 **MAGE DESSUART** *avec le concours d'*ANTOINE TOMÉ

08.04.1983 **JACQUES VILLER** *avec le concours d'*HENRI GUÉDON *et* PHILIPPE KHORSAND

11.04.1983 **ÉDOUARD LECLERC** *avec le concours d'*ANDRÉ JAUD *et* RACHID BAHRI

12.04.1983 **YVES SAINT-MARTIN** *avec le concours de* JEAN-PAUL VERDIER

13.04.1983 **OLIVIER TODD**

14.04.1983 **YVETTE HORNER** *avec le concours de* MICHEL DENISOT *et* PIERRE PORTE

15.04.1983 **PATRICK CAUVIN** *avec le concours d'*ANDRÉ VALANDRY *et* PIERRE RAPSAT

18.04.1983 **HENRI AMOUROUX** *avec le concours de* BRENDA WOOTON

19.04.1983 **PIERRE CHAUNU** *avec le concours du* GROUPE ODEUR

20.04.1983 **ARLETTE LAGUILLER** *avec le concours d'*HENRIETTE COULOUVRAT *et* LAURENCE GINSBURG

21.04.1983 **ROGER COUDERC** *avec le concours de* ROBERT CHAPATTE *et* BERNARD DE MICHELIS

25.04.1983 **PATRICK LAGADEC** *avec le concours de* JEAN-CLAUDE BOURRET *et* DIDIER MAKAGA

26.04.1983 **GEORGES LECLERE** *avec le concours de* DANIEL FACÉRIAS

27.04.1983 **JEAN-JACQUES BEINEIX** *avec le concours de* BERTRAND LEBEAU *et* JOSÉ VILAMORE

28.04.1983 **HENRI GAULT** *avec le concours de* PHILIPPE COUDERC *et* ALICE DONA

29.04.1983 **MICHEL GRISOLIA** *avec le concours de* FRANCIS GIROD *et* FABIENNE THIBEAULT

02.05.1983 **PIERRE SALINGER** *avec le concours de* PHILIPPE LABRO *et* BORIS SANTEFF

03.05.1983 **PIERRE ETAIX** *avec le concours de* FRANCK CASSENTI *et* GILBERT SALACHAS

04.05.1983 **CLAUDE OLIVENSTEIN**

05.05.1983 **MICHEL DRUCKER** *avec le concours de* JEAN LIEVAUX *et* DANIEL BALAVOINE

06.05.1983 **HENRI GÉVAUDAN** *avec le concours de* LOUIS NUCERA *et* PIERRE LOUKI

09.05.1983 **ROLAND LEROY** *avec le concours de* BERNARD LAVILLIERS *et* JOSÉ ARTUR

10.05.1983 **MICHELINE PRESLE** *avec le concours de* JEAN-MICHEL RIBES *et du groupe* ROCKING CHAIRS

11.05.1983 **ALLAIN BOUGRAIN-DUBOURG** *avec le concours de* NOËL MAMÈRE *et* GILBERT LAFFAILLE

12.05.1983 **JEAN-MARIE CAVADA**

13.05.1983 **MICHEL HIDALGO** *avec le concours de* JACQUES FOUROUX

16.05.1983 **RAYMOND MORETTI** *avec le concours de* PHILIPPE SOLLERS

17.05.1983 **LUCIEN BITTERLIN** *avec le concours de* GABRIEL MATZNEFF *et* TESURI KUNDA

18.05.1983 **MARIANNE SERGENT** *avec le concours de* JACKIE BERROYER *et* HENRI TEXIER

19.05.1983 **MAURICE RHEIMS** *avec le concours de* JEAN-PIERRE CASTELAIN

20.05.1983 **MARIE CARDINAL** *avec le concours de* LUCIEN BODARD *et* NICOLETTA

23.05.1983 **ULLA** *avec le concours de* JEAN SOMMER *et* JEAN-FRANÇOIS DAVY

24.05.1983 **GABRIEL MATZNEFF** *avec le concours de* PHILIPPE DE SAINT ROBERT *et* SOPHIE KREMEN

25.05.1983 **GÉRARD BLANCHARD** *avec le concours de* JEAN-PIERRE KALFON *et* JACQUES BOCK

26.05.1983 **JEAN-JACQUES PAUVERT** *avec le concours de* ROMAN DIDIER *et* SOPHIE CHAUVEAU

27.05.1983 **ROBERTO BENZI** *avec le concours d'*HENRI MARQUIER

30.05.1983 **JEAN ROCHEFORT** *avec le concours de* SAMI FREY *et* JEAN-LOUIS CHAUTEMPS

31.05.1983 **JEAN-EDERN HALLIER** *avec le concours de* MICHEL BUHLER

01.06.1983 **FRANÇOIS ROGER** *avec le concours de* CLAUDE SÉRILLON *et* ANDRÉ HALIMI

02.06.1983 **CLAUDE ANGELI** *avec le concours de* PIERRE BOUTEILLER

03.06.1983 **JONES PATRICK SIMPSON** *avec le concours de* JEAN-MICHEL GASCUEL *et* DOROTHÉE

06.06.1983 **LE GRAND ORCHESTRE DU SPLENDID** *avec le concours de* GÉRARD KLEIN

07.06.1983 **BERNARD LAVILLIERS** *avec le concours de* JACQUES VERGÈS

REMERCIEMENTS

À Monique Desbarbat.

À Hélène Desproges.

À Luis Rego.

Merci à Janine Marc-Pezet, mémoire de la TSF,
qui a sauvé du rebut les enregistrements du « Tribunal des flagrants délires », et sans qui ce livre n'aurait pas existé.

ina

Les images qui vous parlent

L'Ina, le sens de l'image

Le monde se vit désormais à travers l'image. Devant le flux toujours croissant de contenus, des questions nouvelles se posent : comment sauvegarder la mémoire audiovisuelle ? comment comprendre les images et ce qu'elles peuvent devenir ?
Chaque jour, l'Ina labellise les images pour leur donner du sens.

Conserver, valoriser, transmettre : la mission de l'Ina

Rassembler et conserver les images et les sons qui fondent notre mémoire collective, leur donner du sens et les partager avec le plus grand nombre : depuis 1974, c'est la mission première de l'Ina.
Leader mondial pour l'archivage numérique et la valorisation des fonds audiovisuels, l'Ina est devenu une référence pour l'innovation technologique dans ces deux domaines. Son savoir-faire rayonne aujourd'hui sur tous les continents.

L'Ina, la mémoire en direct

À ce jour, le fonds de l'Ina compte plus de 3 millions d'heures de programmes, avec :
– le dépôt légal de 102 chaînes de télévision et 20 stations de radio depuis 1995 ;
– les archives de toutes les chaînes publiques (plus de 70 ans de radio et 60 ans de télévision) ;
– les actualités filmées de 1940 à 1969 ;
– des fonds privés valorisés par l'Ina (FFT, ASO, AFP…).
Depuis 2006, l'Ina assure aussi le dépôt légal du Web français.

Une mémoire numérisée :
Un vaste programme de numérisation a été lancé pour sauvegarder les fonds menacés. En 2015, la France sera le premier pays à avoir sauvé 100 % de sa mémoire audiovisuelle.

La richesse de l'Ina

980 collaborateurs
3 500 000 heures de documents TV, radio et photos
1 million d'heures de programmes captés en direct chaque année au titre du dépôt légal
450 000 heures de programmes numérisés en 2009

Des collections pour tous les publics

Grâce au dépôt légal, l'Ina dispose aujourd'hui d'un fonds exceptionnel de 3 millions d'heures d'images et de sons. Modernes et vivantes, les collections de l'Ina valorisent ces archives pour tous les publics.

Ina.fr, les images pour tous

Plus de 100 000 émissions de télévision ou de radio à consulter ou à télécharger, un service de DVD à la demande... Un site de référence pour un million de visiteurs par mois.

Ina MEDIAPRO,

1re banque mondiale d'archives numérisées : 400 000 heures de télévision, 93 000 heures de radio et 3 millions de notices documentaires (français/anglais) : un service unique pour les professionnels.

Sans oublier...

Les éditions Ina : des *Shadoks* au *Masque et la Plume*, de *Discorama* aux grandes heures de la musique classique.

Les productions : depuis 30 ans, l'Ina a produit plus de 2 000 films et documentaires dans le monde.

Les événements : tout au long de l'année, l'Ina est partenaire d'événements qui mettent en valeur son fonds et proposent des rencontres avec les acteurs des médias.

Ça aussi, c'est l'Ina

S21, la machine de mort khmère rouge, de Rithy Panh, Prix Albert-Londres 2008.

Babar, Harry Potter et Cie, à la Bibliothèque nationale de France.

GRM Tools et l'Acousmographe, développés par le Groupe de Recherche Musicale.

Signature : logiciel de protection des contenus vidéos

Jalons : une collection d'outils pédagogiques pour les élèves et leurs professeurs.

Des partenariats académiques à Los Angeles, Pékin, Londres, Madrid...

Tous les savoirs de l'image

Précurseur dans son domaine, l'Ina partage ses savoir-faire avec le monde de la recherche et les professionnels, et prépare les savoirs de demain.

Ina SUP, pôle européen des sciences et métiers de l'Image.

Ina SUP est un pôle intégré de formation aux sciences et métiers de l'Image. **Carrefour** unique entre le monde de l'éducation et celui de l'entreprise, étudiants, professionnels et chercheurs viennent pour apprendre, se perfectionner, se rencontrer et développer les sciences et les métiers de l'audiovisuel et du numérique.

Avec 280 stages de formation, Ina SUP forme chaque année 5 500 personnes venues de tous pays et s'engage également dans l'enseignement supérieur, depuis le BTS jusqu'aux mastères spécialisés.

À la pointe de la Recherche (restauration, sauvegarde numérique des images, protection des contenus, sémiologie des médias...) l'Ina mène de nombreux travaux et s'investit dans des projets internationaux comme PrestoPRIME.

Les publics spécialisés (étudiants, chercheurs, universitaires et professionnels) bénéficient du centre de consultation de l'Inathèque de France: 5 000 personnes accréditées ont a leur disposition l'ensemble des programmes collectés au titre du dépôt légal de la radio et de la télévision ainsi que de revues de référence.

Éducation à l'Image, pédagogie par l'Image

Apprendre, Jalons, @propos et Décryptage : développés en partenariat avec le ministère de l'Éducation nationale, tous ces outils pédagogiques sont aujourd'hui accessibles en ligne.

Achevé d'imprimer en octobre 2009
sur les presses de l'imprimerie Pollina à Luçon

Numéro d'édition : 167674
Dépôt légal : octobre 2009
Numéro d'impression : L51608

Imprimé en France